偶然 君を助けた
あの日から
私の世界は
変わりはじめ
昨日は助けてくれてありがとな
チャラチャラしてて派手で目立つ人気者の彼
俺さ 雪菜と仲良くなりたいんだけど
あなたのことよく知らないし…
じゃあこれから知ってもらえればいいよ
本好きで地味な私とは

生きる世界が違うと思ってたのにー…
好きです
俺と付き合って
ください
俺には雪菜しか
見えてない
君はまっすぐな
言葉をくれた
イメチェン
してみた
ウ　ウソ
なんで…
ピアスも取ってる…
少しでも
雪菜に信用して
もらいたいし
俺の気持ちが真剣だって
わかってもらえるように
がんばるから
でも　私――…

あの日
やっぱり付き合うのはないなって
俺はもっと甘えてくれるタイプが好きだからさ
決めたの
もう絶対に
恋なんてしないってー…
ごめん 俺 やっぱりまだ 離れたくない

心臓の音が
外に漏れてしまいそうなくらい
お願い
あと少しだけ
このままでいさせて…
ドキドキいってる
私　もう自分を諦めたり
したくない
今度こそ　幸せな恋を
信じることができるかなー…

野いちご文庫

キミさえいれば、なにもいらない。

青山そらら

STARTS
スターツ出版株式会社

Contents

Characters

一《いち》ノ《の》瀬《せ》 彼方《かなた》

学年1モテると噂の人気者のイケメン。明るく素直でまっすぐな性格。今まで誰かを本気で好きになったことがなかったが、雪菜と出会って本気の恋に目覚める。チャラく見えるが本気になったら一途。

市《いち》ノ《の》瀬《せ》 雪《ゆき》菜《な》

真面目でおとなしい、読書好きの女の子。初恋の経験がトラウマとなっており、「もう恋なんてしない」と思っているが、彼方を助けたことをきっかけに、ヒトメボレされて……？

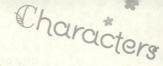

遠矢《とおや》 陸斗《りくと》

雪菜の兄、遥《はるか》の友達。大人っぽい雰囲気のイケメンで頭が良く、ピアノも上手い。雪菜とは過去になにかあったようで……？

高梨《たかなし》 璃子《りこ》

雪菜の親友。元気いっぱいで明るくミーハーな性格。イケメンが大好きで、ちょっと騒がしいところもあるが、裏表のない素直な性格。

初恋は、見事に砕《くだ》け散った。

私の心に深く傷を残して。

もう恋なんてしなくていい。男の人なんて信じない。

そう思っていた――。

そんなある日、学年一人気者の彼《かれ》に告白されて。

「好きです。俺《おれ》と付き合ってください」

イケメンだけど、見た目もチャラいし、彼女をコロコロ変えるらしいし、女好きだって噂《うわさ》の彼。

そんな人が私を好きだなんて、信用できるわけがない。

「俺、本気だから」

そんな言葉、信じない。絶対にウソ。

きっとあの人と同じで、彼も私のことをからかってるだけに決まってる。

そう思っていたのに……。

「でも、雪菜《ゆきな》はひとりしかいない。俺には雪菜しか見えてない」

そのまっすぐな瞳《ひとみ》を、気持ちを、信じてみたくなるのは、なぜ……？

心が揺《ゆ》れてしまうのは、どうしてなんだろう。

chapter*1

Kimisae ireba,
nanimo iranai.

Only you.

presented by
Aoyama Sorara

男の子なんて、みんな

「ねぇねぇ、聞いて！　バイト先で知り合った彼がすごくイケメンでね」

「キャーッ！　うらやましい！」

「私、部活の先輩《せんぱい》と最近いい感じなんだ～」

朝から女子たちの恋バナで盛りあがる教室。

5月の爽やかな陽気の中、今日もうちのクラスはすごくにぎやかだ。

私はそんな楽しそうにはしゃぐ集団のすぐそばで、静かにひとり読書をしていた。

高校二年生になって、クラス替《が》えがあって、約一か月。だいぶ今のクラスにも慣れてきたかなという今日この頃。

新しい友達も何人かできたし、学校には楽しく通っていると思う。

だけどいつも、こういう話題には、自分はなかなか入っていくことができない。

ほかの女の子たちはみんな、恋バナや男の子の話で盛りあがっているのに……。

いまいちそういうことに夢中になれないし、恋愛《れんあい》とか、男の子に対してあまり夢を見れないというか。どこかで自分には関係のないことのように思ってしまうんだ。

これもきっと、半分はうちのお兄ちゃんのせいだと思う。

私、市ノ瀬《いちのせ》雪菜は真面目だけが取り柄《え》のごく普通《ふつう》の高校二年生。

背中まで伸ばした黒髪は、癖《くせ》のないストレートで、基本的にいつもおろしている。

肌が色白なため『雪菜』って名前がぴったりだと友達によく言われるけど、実は雪の降る冬生まれではなく、春生まれ。

でも、自分の名前は結構気に入っている。

昔から感情を表に出すのが苦手で、親しい人以外の前ではあまりニコニコ笑うことができないから、ときどき『冷めてる』とか『クール』だなんて言われてしまうこともあって、それが悩みだったりもして。

読書が趣味《しゅみ》で、いつも教室でひっそりと本を読んでいることが多いから、クラスでもどちらかというと目立たないほうだと思う。

「雪菜、おっはよー！」

急に大きな声で名前を呼ばれて、私は文庫本から目を離し、顔をあげた。

見ると、親友の璃子《りこ》が手をあげながら満面の笑みを浮かべている。

「あ、おはよう、璃子」

私が冷静に挨拶《あいさつ》を返すと、璃子はそのままササッと私の席まで駆け寄ってきた。

「あ、また本読んでる～。雪菜はほんと読書家だねぇ」

「えぇっ。そんな、読書家ってほどでもないけど」

「いやー、すごいよ。毎日なにか読んでるじゃん。私なんて漫画か雑誌しか読まないもん。やっぱり成績優秀な人は違うよね～」

彼女の名前は高梨《たかなし》璃子。肩《かた》までのボブが似合う元気いっぱいの明るい子。

一年生のときから二年連続同じクラスで、気が合うからいつも一緒に過ごしてる。

「そんなことないよ！」

「私も雪菜を見習わなくちゃな～。だから国語苦手なのかな。あっ、それより一時間目って教室移動だっけ？　理科室？」

「うん。そうだよ」

「ちょっと私、準備してくるね～！」

なんて、いきなり話しかけてきたかと思えば、すぐまたその場を去っていく璃子。

彼女はいつもこんなふうに絶《た》えず動き回っていて、おしゃべりで、テンションが高い。

たまにその話についていけなくなるときもあるけど、私はあまり自分から話すほうじゃないから、よくしゃべる彼女といると楽しいし、元気が出る。

お互い全然タイプが違う、足りないところを補《おぎな》いあっているような関係だと思う。

「っていうか、聞いてよ雪菜。昨日『恋するふたり』の映画観に行ってきたんだけどね」

化学の授業の用意を持って、璃子と並んで理科室に向かって歩いていたら、彼女がまた楽しそうに語りだした。

「え、ウソっ。もう観たの？　公開されたばかりだよね。どうだった？」

「超よかったよ〜！　胸キュン半端《はんぱ》ない！　なんと言っても朝川《あさかわ》リョウくんがイケメンすぎてやばいんだって！　絶対観たほうがいいよ！」

「へぇ、そうなんだ。そんなに胸キュンなんだね」

ちなみに、璃子は二次元三次元問わずイケメンが大好きで、イケメンの話になるとますますテンションがあがる。芸能人とかにもくわしいし。

「うん！　雪菜も観たら絶対リョウくんにほれるから！」

「ふーん。朝川リョウねぇ……」

朝川リョウって言うのは、今大人気の若手イケメン俳優で、雑誌のアンケートで女子高生人気ナンバーワンらしい。

私はこういう大人気の芸能人が出てる恋愛映画とかにもまったく興味がなくて、璃子には申し訳ないんだけど。

「観たら絶対幸せな気持ちになれるよ〜。あぁ、私もあんな恋がしたいなぁ。素敵な王子様みたいなイケメンと！」

「あはは、そうだね。きっと璃子ならできるよ」

「なに言ってんの！　雪菜だって絶対できるから！　だから、もっと恋愛に興味持ってよね！」

璃子はそう言って私の肩をバシンとたたいてくる。

私が恋愛に対して冷めてるから、いつも彼女にはこんなふうに言われちゃうんだよね。

「あはは、うん……」

困ったように笑いながらうなずいたら、そこで璃子が急に立ち止まって、再び甲高《かんだか》い声をあげた。

「って、あーっ！　噂をすれば、あそこにリアル王子様はっけーん！」

「へっ？」

今、なんて言った？　リアル王子様？

私がなんのことだかわからずポカンとしていると、璃子が中庭にいる派手な男女の集団を指さしてみせる。

「ほら、見てよ。あそこに一組の彼方《かなた》くんがいるよっ。まさにリアル王子様って感じ！　それに私、彼方くんって朝川リョウに似てると思うんだよね～」

「えぇっ！　そう？」

彼女が指さした先にいたのは、うちの学年で一番人気と噂のイケメン男子、一ノ瀬《いちのせ》彼方くん。

偶然《ぐうぜん》にも私と名字が漢字違いで一緒なんだけど、同じクラスになったこともないし、話したことは一度もなくて、ただ名前と顔だけ知っている。

長身でスタイルがよく、中性的で整《ととの》った顔をしているから、王子様って言葉が似合わなくもない。

髪は明るく染めてるし、制服の着こなしも派手で、とにかくどこにいても目立つ人。女子にもすごくモテるんだとか。

ほら、今だってなんかたくさんの女の子に囲まれて楽しそうにしゃべってるし。

「うーん。私はあんまり似てないと思うけどなぁ……」

「えーっ、なんか目元とか超似てない？　ぱっちり二重で黒目が大きいところとか～。まつ毛なんか女の子みたいに長いし！」

「そ、そうかな？　私あんまり彼のこと間近《まぢか》で見たことないからわかんないかも」

「絶対似てるよ～。超カッコいいじゃん！　いいなぁ、私もあんなイケメンとお近づきになりたいっ！」

璃子は目がハートになってるけど、私は正直、あんまりタイプじゃないなぁと思ってしまう。

もちろん、すごくきれいな顔をしてるし、イケメンなのはわかるんだけど、なんていうか……。

「でもあの人、なんかチャラチャラしてない？　遊び人で、彼女コロコロ変えてるって噂聞くし。うちのお兄ちゃんと同じ匂いがするから、私は苦手だなぁ……」

私がそう答えると、ブッと噴きだしたように笑う璃子。

ちなみにうちのお兄ちゃんは、正真正銘《しょうしんしょうめい》のチャラ男で、ものすごく女癖が悪い。顔はイケメンなんだけど。

「あははっ！　やだ、同じ匂いってなにそれ〜！　遥《はるか》先輩はさらにもう一枚上手《うわて》でしょ！」

「まあね」

「たしかに、彼方くんもチャラいって噂は聞くけど、あくまで噂だし。っていうか私、あの顔にだったら騙《だま》されてもいいかもしれない」

璃子の問題発言に、思わずギョッとして顔をしかめる私。

「えーっ！　なに言ってるの。チャラ男なんかに騙されちゃダメだって！　誠実《せいじつ》さのかけらもないんだから！」

「でも、実際にしゃべってみないとわかんないよー？　実はすっごくいい人かもしれないし。うちらが思ってるほどチャラくないかもしれないし」

「ウソ、絶対チャラいよ」

あれはどう見ても……。

「そうかなー。雪菜なんて名字も同じ〝イチノセ〟なんだから、気が合うかもしれないじゃん」

「なっ、なにそれ！　まさか！」

「今度一緒に彼方くんに話しかけてみるー？」

イタズラっぽく問いかけられて、再び顔がゆがむ。

「む、無理っ！　私は遠慮《えんりょ》しとく！」

「あはは、冗談だって〜。もう、雪菜はほんと男の子に無関心なんだから。せっかくかわいいのにもったいないよ。その気になれば絶対すぐ彼氏できるのに〜」

「……」

璃子はいつもそんなふうに言ってくれるんだけど、私は正直まったくそんなふうには思えない。

だって、自分は男の子に好かれるような、甘え上手で愛嬌《あいきょう》があるタイプでもないし、彼女にしたとしても、真面目でつまらないと思うし……。

なにより今は彼氏なんてほしくない。恋愛なんてしたくないんだ。

別にこの先もずっと、しなくていいと思ってる。

男の子は苦手だし、信用できないから。

もう、恋をしてあんなふうに傷つくのは、ごめんだから。


その日の放課後、いつものように家に帰ると、玄関《げんかん》の鍵《かぎ》が開きっぱなしになっていた。

「……あれ？」

もしかして、と思いながらそのままドアを開け、中に入る。

「ただいまー」

小さな声でつぶやいたら、もちろん返事はなかったけれど、お兄ちゃんが家にいることだけはすぐにわかった。

先に帰ってたんだ。

『家にいても鍵はちゃんと閉めなさい』って親に言われてるのに、面倒くさがりなお兄ちゃんはいつも閉め忘れちゃうから。もうちょっと用心してほしいんだけど。

玄関には男物のローファーが一足と、その隣に女物のローファーがきれいに揃《そろ》えられて並んでいる。

私はそれを見て、思わず苦笑いした。

あぁ、お兄ちゃんたら、また女の子連れこんでるんだ。

まぁこれもいつものことで、今さら驚《おどろ》くことではないけれど。家にいてもなんとなくくつろげないから、正直なところ少し複雑だ。

それに、お兄ちゃんは私が家にいるとすぐに『雪菜、ジュース持ってきて』とか言ってこき使うから、余計に疲《つか》れちゃう。

それをやってあげてしまう自分が悪いのもわかってるんだけど、もう十年以上もずっとだらしないお兄ちゃんにこき使われ、面倒を見ながら育った私は、完全にそれが自分の身についてしまっていた。

だからって、お兄ちゃんのことが嫌《きら》いなわけじゃないんだけどね。

基本優しいし、私のことはなんだかんだかわいがってくれてるんだとは思うし。だらしないけれど、どこか憎《にく》めない性格をしてる。

でも、ただひとつ、チャラくて女癖が悪いところだけは好きじゃない。

中学生の頃から彼女をコロコロ変えてはそのたびに家に連れこんでイチャイチャしてるし、かわいい子がいるとすぐにナンパするし、彼女がいても平気で浮気《うわき》するし、二股《ふたまた》かけるし。

イケメンで口がうまいからモテてるみたいだけど、男としては結構最低だ。

こんな兄の姿を長い間ずっと見てきた私は、恋愛にすっかり夢を見れなくなってしまっていた。

もちろん、すべての男子がお兄ちゃんみたいな女好きだとは思ってないけど。

ちなみに兄の名前は遥で、名前のとおり女の子みたいな中性的な顔をしている。明るいパーマのかかった茶髪に両耳にはいくつものピアス、身長は百八十近くあって、スタイルもいい。

歳は一個上の高校三年生。同じ高校に通ってるんだけど、受験生だっていうのに、毎日こんな感じ。

いつになったら女遊びをやめて真面目に勉強するんだろう。

「ふぅ……」

とりあえずリビングに入り、ソファーに腰をおろす私。

本当なら二階の自分の部屋で宿題をしたいところだけど、お兄ちゃんの連れてきた女の子とバッタリ鉢《はち》合わせしても気まずいので、やめておいた。

仕方なくこの場で済ませてしまおうと、ローテーブルの上に数学の教科書とノートを広げる。

黙々《もくもく》とひたすら問題を解いていく。

もとから勉強は好きなほうだから、こうして宿題をこなしたりするのは、そんなに苦ではない。

集中してやったら意外とすぐに終わったので、そのあとは読みかけの恋愛小説をカバンから取り出して読んでいた。

私にとって、読書の時間は唯一《ゆいいつ》の至福《しふく》のときだ。

本の世界に浸《ひた》っていると、イヤなことも全部忘れられる気がするから。

だけどちょうど、いい場面にさしかかったところで、階段のほうから大きな笑い声が響いてきた。

「ははは、そんなかわいいこと言われたら俺、帰したくなくなっちゃうんだけど」

「や〜ん、エミリも帰りたくな〜い」

それを聞いた瞬間、私はパタッと本を閉じる。

……お兄ちゃんだ。やっぱり二階に女の子といたんだ。本当に相変わらずだなぁ。

しかもまた、初めて聞く名前。今日の女の子はエミリちゃんっていうのか。

「でもあれだろ、遅くなると兄貴が心配するんだろ？」

「そうなの〜。うちのお兄ちゃん心配性でうるさくて、困っちゃう」

「それだけかわいがってんだよ。エミリはかわいいからな」

なんて、そういうセリフを何人に吐《は》いてるんだろうと思いながらも、少しだけ気になって、開いていたリビングのドアからこっそり玄関をのぞいてみる。

すると、ちょうどお兄ちゃんとその子が、抱き合いながら見つめあっている姿が目に入って……。

「エミリ」

「ハルくん」

そのまま熱いキスを交《か》わすふたり。

私はギョッとして、慌《あわ》ててソファーに戻った。

わあぁっ。やだ、見ちゃったよ。キスシーン！

本当にもう、お兄ちゃんたら、全然恥じらいというものがないんだから！

っていうかあの子、彼女じゃないじゃん！　なのに、あんなことして……。

心臓をドキドキいわせながら、文庫本を再び開く私。

だけど、読もうとしても内容が全然頭に入ってこない。

「はぁ……」

思わず深いため息がこぼれる。

なんだろう。まったく。

小説の中の恋愛は、すごく純粋《じゅんすい》で素敵に見えるのに、現実世界の恋愛は、どうしてこうなんだろう。

お兄ちゃんを見るたびに、そんなことを思ってしまう。

フィクションと現実は、やっぱり違うよなぁって。

小説や映画のような恋愛は、現実には存在しないんだろうな。

とりあえずお兄ちゃんには、一回くらい天罰《てんばつ》がくだったほうがいいだろうな。女の子が気の毒だし……。

そんなことを考えながら、手に持った文庫本を再びカバンにしまった。

まさかの勘違い

それから数日後。

その日の三、四時間目は家庭科だった。

教科を選べる選択授業の時間なんだけど、一緒に家庭科を選んだ璃子と私は、家庭科室にてエプロン姿で調理実習だ。

みんなおしゃべりしながら和気あいあいとクッキー作りを楽しんでいた。

冷蔵庫で冷やした生地《きじ》をめん棒で平らに伸ばし、好きな形に型抜きしていく。

私がひとりで黙々と型抜きの作業をしていたら、隣でその様子を見ていた璃子が感心したように声をかけてきた。

「雪菜はほんと、手先が器用だよねぇ」

「えっ、そう？」

「うん。器用っていうか、家庭的だよね」

……家庭的、かぁ。

その言葉はたしかに、お兄ちゃんにも言われたことがある。

「そうかな」

「うん。なんか、調理実習のときいつも手際《てぎわ》がいいしさ、そのクッキーだってすごく形きれいだし、さすがって感じがする」

「いやいや、そんなことないよ。クッキーは簡単だから」

私が謙遜《けんそん》すると、璃子は自分が作ったクッキーの生地を指さしながら。

「えーっ、でも、私のなんてこれだよ？　超いびつじゃない？」

言われてよくよく見てみると、たしかに少しいびつではある。でも、そんなに見た目が悪いってほどでもない。

「そんなに変わらないよ。ちゃんとできてるよ」

「全然違うよ～。やっぱり、普段から料理してるかしてないかの違いが、こういうところで出るんだよね～」

「いやいや、私もそこまで料理できるわけじゃないから！」

「できるよーっ。私なんて、カレーしか作れないんだよ！　いいなぁ、料理できる女子。絶対雪菜はいい奥さんになれるよね～」

そんなふうに言われて、うれしくないわけじゃなかったけれど、そんなに褒《ほ》めるほどのことでもないのになぁと思ってしまう。

うちは両親ともに遅くまで働いていていて、なにもしないお兄ちゃんの代わりに家事をしたり料理を手伝ったりするのがいつも私だったから、必然的に家事全般ができるようになったってだけで。私は別に料理が特別好きなわけでもないから。

「形がきれいだったらいいってものじゃないよ。料理だって、気持ちがこもってるほうが大事だと思う」

思わずそんなことを口にしたら、璃子はへへっとはにかんだように笑う。

「そっかぁ〜、いいこと言うね。ちなみに雪菜はそのクッキー、誰かにおすそわけする予定あるの？」

「えっ、ないよ。全然」

「なんでー？　すっごくきれいにできてるのに〜。そうだ。遠矢《とおや》先輩にはあげたりしないの？」

「……っ」

そこで突然、璃子が口にしたその名前に反応するかのように、心臓がドクンと鈍い音を立てて飛び跳《は》ねた。

「前はたまにあげたりしてたじゃん」

途端《とたん》に胸の奥がずしんと重たくなる。

だけど、必死でそれを顔に出さないように取り繕《つくろ》う私。

「……なっ。あれはお兄ちゃんにあげるついでにあげてただけで……。それに、陸斗《りくと》先輩は今彼女いるから、そんなことしたらダメでしょ」

「あーそっかぁ。彼女いるんだった！」

「そ、そんなことより、璃子は誰かにあげないの？」

璃子に動揺していることを悟《さと》られないよう、慌てて話をそらす。

「え、私？　うーん、そうだなぁ。きれいに作れたら、宮城《みやぎ》先生にでもあげよっかな」

「宮城先生ねぇ」

ちなみに宮城先生というのは、うちの学年で人気の数学教師だ。

イケメンなうえにまだ二十代で独身だから、女子生徒にすごくモテるし、ファンが多い。璃子もそのひとりみたい。

「うん。だって先生ともっと仲良くなりたいし、そのためにはアピールしておきたいじゃん？　あ、でもあっちのグループの女子たちはみんな、彼方くんにあげようって騒いでたよ。彼方くんもいいよね～」

「へぇ、そうなんだ。さすが……。あの人、うちのクラスでも人気あるんだね」

「そりゃあね。彼方くん、今は彼女いないみたいだから、狙《ねら》い目なんだってさ」

「ふーん……」

それを聞いて、別に興味はないけれど、あのモテモテだと噂の彼に、彼女がいないというとに少し驚いた。

ああいうチャラそうな人でも、彼女がいないことがあるんだな。

うちのお兄ちゃんなんて、彼女が途切れたことないのに。

まぁ、すぐに次ができるんだろうけど……。

「なんなら雪菜、うちらも一緒に彼方くんにクッキーあげに行かない？」

「……えっ、行かないよっ！　私はそういうの、大丈夫だから」

「えーっ。せっかく作るんだから、自分で食べるだけじゃもったいないよ。雪菜も誰かにあげなよ～」

璃子はそんなふうに言うけれど、私はほかの女子たちみたいに、誰かにあげようなんてウキウキした気持ちになれない。

だから、そう思えるのがすごくうらやましい。

なんだろう。自分だって、昔はそういう気持ちがあったはずなのにな……。

型抜きしたクッキーの生地を見つめながら、なんとも言えないやるせない気持ちになる。

せっかくだし、自分ひとりで全部食べるのもなんだか虚《むな》しいから、普段はあげないけど、今回はお兄ちゃんに少し分けてあげようかな、なんて思った。

放課後、自分の席で帰りの支度《したく》をしていたら、璃子が慌てた様子で声をかけてきた。

「それじゃ雪菜、またねっ！」

「うん、また明日」

彼女は今日はバイトがあるから、急いでいるみたい。学校の最寄《もよ》り駅にあるアイスクリーム屋でバイトしてるんだ。

私と璃子は帰る方向は一緒なんだけど、こうやって彼女がバイトだったり、私は図書委員だから週一で委員会の当番があったりして、なかなか予定が合わず、たまにしか一緒に帰れない。

カバンを持って教室を出たあと、借りたい本があったので図書室に寄る。その後、下駄箱へ向かったら、大半の生徒たちはすでに下校したあとだったのか、だいぶ人の気配が少なくなっていた。

カバンの中には、今日調理実習で作ったばかりのクッキーが入っている。

さっき味見したら結構おいしかったし、帰ったらこれを食べながら小説でも読もうかな。

そんなことを考えながら、靴を履《は》きかえ昇降口《しょうこうぐち》を出る。

そのまま校門に向かって歩いていたら、突然どこからか大きな怒鳴《どな》り声が聞こえてきて。

「お前だな！　M高のイチノセってヤツは！」

自分の名前を呼ばれたのかと思い、ビクッとして振り向いたら、そこにはなんと、あの人気者の一ノ瀬彼方くんの姿があった。

一緒にいたのは、近くの工業高校の制服を着たガタイのいい男子。

よく見ると一ノ瀬くんはどうやら、その男子に絡まれているみたい。

やだ、変なところ見ちゃったな……。

それにしても、どうして他校の男子がうちの学校に？

しかも、相手はかなりいかつくて、ひとことで表すとヤンキーって感じで、見るからにめちゃめちゃ怖《こわ》そう。

なにやら不穏《ふおん》な空気がするなと思ったら、いきなりそのいかつい男は、一ノ瀬くんの胸ぐらをバッと勢いよく掴《つか》んだ。

「お前がイチノセだろって聞いてんだよ！」

「は？　え？　いや、たしかに俺は一ノ瀬だけど……。誰っすか？」

絡まれた一ノ瀬くん本人はかなり戸惑っている様子。

「誰っすか？　じゃねぇよ！　ふざけんな！　てめぇ、うちの妹をたぶらかしやがって！」

「はぁっ!?　妹？」

「そうだよ！　お前がうちの妹に手ぇ出したんだろうが!!」

それを聞いて、あぁ、なるほどと思う。

つまり、チャラ男の一ノ瀬くんが手を出した女の子が、このいかつい男の妹だったってわけか。

それで、兄であるこの人が殴《なぐ》りこみに来たと。

ちょっと気の毒な気もするけれど、チャラチャラしてる本人が悪いわけだから、自業自得《じごうじとく》だよね……。

そう思い、知らないふりでその場を通り過ぎようとする。

「ちょっ……。えっ、俺が？」

「そうだろうが！　うちのエミリを泣かせたんだ！　タダじゃおかねぇぞ!!」

……えっ。

だけど、次の瞬間聞こえてきたその名前にハッとして、私は足を止めた。

エミリ……。

あれ？　その名前、どこかで聞いたことがあるような。

ふと、この前お兄ちゃんがうちに女の子を連れてきたときのことを思い出す。

たしか、あの女の子、似たような名前じゃなかったかな。

「はぁっ？　エミリ？　ちょっと待てよ。俺なんかしたっけ？　っていうか、エミリって誰？」

一ノ瀬くんが不思議そうな顔で聞き返すと、そのいかつい男は顔を真っ赤にして、勢いよく彼のことを突き飛ばす。

「うわっ‼」

ドサッと地面に尻もちをつく一ノ瀬くん。

そして男はますます怒り狂った様子で、大声で怒鳴り散らしはじめた。

「お前なぁっ！　とぼけんじゃねぇぞ‼　エミリが言ってたんだよ！　M高の『イチノセハルカ』ってヤツに遊ばれて捨てられたってな‼」

……えぇっ！

思いがけず飛びだしてきた名前に、ギョッとして心臓が跳ねる。

やだ。イチノセハルカって、それ……うちのお兄ちゃんじゃん！

もしかして、間違えたのかな？　名字が同じだから？

それじゃあ、一ノ瀬くんはなにもしていないのに、誤解されて絡まれてるってこと？

お兄ちゃんのせいで……。

「えぇっ～⁉」

「ったく、いかにもチャラそうなツラしやがって！　ちょっとイケメンだからって調子に乗ってんじゃねぇぞ」

男は座りこむ一ノ瀬くんに再び近づき、睨《にら》みつけるようにじっと見下ろす。

手をポキポキ鳴らしているその様子は今にも殴りかかろうとしているみたいだ。

そんな彼を困った顔で見上げながら、慌てて否定する一ノ瀬くん。

「いや、ちょっと待て！　それなんか間違ってる！　違うから！」

「なにがだよっ」

「俺じゃねぇから！　それ！」

「んなわけねぇだろうが！」

「第一、俺の名前は……」

だけどそこで一ノ瀬くんが言い終える前に、男は右手を振りあげると、

「うるせぇ!!」

そのまま勢いよく彼に殴りかかった。

――バキッ！

「うわっ！」

骨と骨がぶつかり合うような鈍《にぶ》い音とともに、一ノ瀬くんが再び地面に倒れこむ。

やだ、ウソッ……！

その様子を見ていた私は、なんだかとても申し訳ないような、いたたまれない気持

ちになった。

ど、どうしよう……。一ノ瀬くんが殴られちゃった。

彼は、なにもしていないはずなのに。うちのお兄ちゃんのせいで……。

こんなの、黙って見てていいのかな。

いや、よくないよね。

でも、悪いのはお兄ちゃんなんだし、私には関係のないことだし、正直なところかかわりたくないよ。

「……っ。いってぇ～。なんだよいきなり」

痛そうに頬《ほお》を押さえながら、起きあがろうとする一ノ瀬くんの元に、男が再び詰めよる。

「ったく、ごちゃごちゃ言いやがって、全然反省してねぇようだな」

「だから、それ……俺じゃねぇし」

「あぁ!? まだ言うのかてめぇ！」

「俺の名前は、一ノ瀬彼方だっつーの!!」

そこでようやく、自分の名前を名乗った一ノ瀬くん。

だけど、男はまるで聞く耳を持たなくて。

「うるせぇてめぇ！　もう一発殴られてぇのか！」

なんて言いながら再び右手を振りあげる。

その瞬間、気がついたら私はその場に飛びだしていた。

「ちょっと待って！　やめて！」

一ノ瀬くんと男の間に立って、おそるおそる男の顔を見あげる。

正直めちゃくちゃ怖かった。かかわりたくなかった。

だけど、やっぱり放っておけなかった。

「えっ？」

男は戸惑った様子で殴ろうとする手を止める。

「なんだよお前、急に。誰だよ」

「い……市ノ瀬遥はうちの兄です。この人は関係ないです。殴るなら、うちの兄を殴ってください」

震える声ではっきりとそう言いきったら、男は一瞬目を丸くして黙りこんだ。

「……えっ、妹？　アンタが？」

「そうです」

「は？　マジかよ。だってこいつ……」

私はすかさずうしろを振り向き、一ノ瀬くんに声をかける。

「ねぇちょっと、生徒手帳貸して！」

「え？　生徒手帳？」

「そう。早く！」

「あ、あぁ」

急いで彼から生徒手帳を受け取り、写真と名前が書かれたページを開いて男に見せる。

「ほら、人違いでしょ。わかった？」

「……っ、ウソだろ」

「だから、出直してください」

そう告げたら、男は急におとなしくなって、気まずそうな顔でその場を去っていった。

『勘違いして悪かったな』ってひとことだけ謝って。

「……はぁ」

思わずため息がもれる。

私ったら、いったいなにしてるんだろう。

「あの、大丈夫？」

一応、一ノ瀬くんの無事を確認し、生徒手帳を返す。

そしたら彼は、ポカンとした顔でそれを受け取り、私をまじまじと見つめながら、コクリとうなずいた。

「……あぁ、大丈夫。おかげさまで」

それにしても、初めて間近で彼の顔を見たけれど、やっぱりものすごく整っている。

本当にイケメンだ。

殴られたせいでちょっと口元が腫《は》れちゃってるけど。

「人違いなんだから、もっとはっきり否定すればよかったのに」

私がそう言うと、困ったように眉《まゆ》をさげて笑う彼。

「あー、うん。そっか」

「もっと怒ってもよかったと思う。あなた、なにもしてないんだし」

「ははっ。いやーだって、ああいうヤツはやり返したらもっとめんどくさいことになるかと思ってさ。でもまさか、あそこまで話聞いてくれないとは思わなかったけど」

おだやかにそう語る彼は、意外にも殴られたことをあまり気にしていなさそうな様子だ。

人違いで殴られるなんて、もっと腹が立ったりしそうなものなのに。

見た目のわりに温厚《おんこう》な人なのかな。

「生徒手帳だなんて俺、思いつかなかった。その手があったかって感じ。助かったよ、ありがとな」

しまいにはそんなふうに、キラキラの笑顔で礼を言われて。不覚にも一瞬ドキッとしてしまった。

って、ダメダメ。私ったらなんでこんなチャラ男相手に……。

「ど、どういたしまして……。むしろ、うちのお兄ちゃんのせいでごめんなさい」

「いや、市ノ瀬が謝ることないだろ」

一ノ瀬くんに市ノ瀬って言われると、なんだか変な感じがする。

「逆に遥先輩のこと、あんなふうに言っちゃってよかったの？」

そう聞かれて、一瞬固まった。

遥先輩って。

「……あれ、知ってるの？　お兄ちゃんのこと」

「うん。だって、有名だし。何度か俺、話したことあるよ」

有名っていうのは、チャラ男で有名ってことかな。

「そうだったんだ。でも、別にいいよ、心配なんかしなくて。殴られても自業自得《じごうじとく》だし、お兄ちゃんが女たらしなのが悪いんだもん」

「はは……」

「あっ。それより、口……」

「え？」

そのとき、ふと見たら彼の口元に赤い血がにじんでいることに気がついた。

私はとっさにポケットからハンカチを取り出して、その傷口の部分にそっと当てる。

「ここ、血が出てる」

「マジ？」

「大丈夫？　口の中とかも切れてるんじゃない？」

私が問いかけると、一ノ瀬くんは少し驚いたような顔をしながらも、笑って答える。

「あぁ、うん。大丈夫だよ。このくらい全然平気」

「ならよかったけど……」

なんだか申し訳なく思うのと同時に、ますますお兄ちゃんに腹が立ってきた。

まったくあの人は、いつも人のことを振り回したり、迷惑《めいわく》かけてばっかりなんだから。

「ねぇ、ちょっと！　あれって彼方くんじゃない？」

「本当だ。女の子といる～！　どうしたのかな」

「やだー、誰となにしてるんだろ」

するとそのとき、近くで女の子たちが話す声が聞こえてきて。

その会話を耳にした瞬間、私はハッとして、彼の口元から手を離した。

……あ、まずい。

彼とこんなふうにふたりでいたら、なんか変な誤解をされてしまいそう。

「あっ、それじゃこれ使っていいから。私は帰るね」

そう言って血のついたハンカチを彼に手渡し、立ちあがる。

「え……」

騒がれる前にと思い、サッと背を向けそのまま歩きだした。

「おい、待って！」

すると、すぐうしろから呼び止めるような一ノ瀬くんの声がして。

なにかと思い、立ち止まって振り返る。

「あのさ、下の名前、なんて言うの？」

「え？」

突然下の名前を聞かれたものだから、戸惑った。

どうして名前なんか聞いてくるんだろう。

あぁ、でもこの人はチャラ男で有名なくらいだから、私に限らず、女の子の名前はとりあえず覚えておきたいとか、そういうことなのかな。

だとしたら、お兄ちゃんみたいであきれちゃうんだけど。

「……ゆ、雪菜です」

聞かれたから一応答えておいたけれど、すぐさま前を向き、ささっと小走りでその場を立ち去る。

走りながら、そういえばハンカチどうしようなんてことを今さらのように考えて。

でも、別にあのまま返してもらえなくてもいいやと思い、そのまままっすぐ家に帰った。

たまたま彼がそこにいて、私はたまたま助けただけ。

たぶん、今後もう彼とかかわることはないだろうし。

とりあえず、大事《おおごと》にならなくてよかった。

そんな気持ちだった。

仲良くなってよ

次の日。朝いつものように登校したら、璃子が少し慌てた様子で私の席にやってきた。

「おはよう、雪菜！　ねぇ聞いた？　昨日大変だったらしいよ！」

「おはよう。どうしたの？」

「彼方くんが他校の不良男子に絡まれて、殴られたんだって!!　あのきれいな顔に傷つけるなんて、ほんとひどいよね〜！」

「えっ……」

どうやらさっそく昨日の出来事が噂になっているみたい。さすが人気者と言われているだけのことはある。

「朝見たら顔に絆創膏《ばんそうこう》貼っててさ。痛々しくてかわいそうだったよ〜。しかも彼方くんは別になにもしてないのに、その男が突然変な言いがかりつけて殴ってきたらしいじゃん。ほんと最低だよね！」

「そ、そうなんだ……」

なんて、その様子を現場で見ていたうえに、なぜ彼が殴られることになったのかの理由まで知っているにもかかわらず、初めて聞いたようなふりをしてしまう。

璃子がだいぶ興奮していたので、とてもじゃないけど、それがうちのお兄ちゃんのせいなんですとは言えなかった。

お兄ちゃんをかばうつもりはないけれど、それが噂になって一ノ瀬くんファンの間で広まったらとか考えると、ちょっと怖いし……。

ちなみにお兄ちゃんは昨日顔にアザをつくって帰ってきて、私が『どうしたの?』って聞いたら、『エミリの兄貴に殴られた』と正直に打ち明けてくれた。

あの不良男子、本当にお兄ちゃんを見つけだして殴ったみたい。

エミリちゃんという子はお兄ちゃんが遊びで付き合っていた子のひとりだったらしく、殴られたのは自業自得だから同情はできないし、これを機にちょっとは反省してほしいなとさえ思う。

「彼方くんカッコいいから他校でも結構知られてるみたいだし、モテるから妬《ねた》まれたのかな~?　人気者もなにかと大変だね」

そう話す璃子はやっぱり、事《こと》の詳細は知らないみたい。

ということは、私がかばったこともみんなには知られていないってことかな。

「う、うん。大変だね」

「とりあえず、顔に傷残ったりしないといいんだけどね～」

「そうだね……」

彼女は一ノ瀬くんの顔のケガのことをやたらと気にしていたけれど、自分もそのことを思うと、なんだか再び申し訳ない気持ちになった。

あんなイケメンの顔にもし傷が残ったりしたら、うちのお兄ちゃんの罪は相当重いよね。

お兄ちゃんには一ノ瀬くんが人違いで殴られたことも一応話しておいたけど、ちゃんと反省してるのかな。まったく……。

「あっ！」

するとそこで、思いだしたようにいきなりパンと手をたたく璃子。

「それより私、英語の予習まだやってる途中なんだった！」

「え、そうなの？」

「うん！　それじゃあまたあとで！」

そして、そそくさと自分の席へと戻っていった。

いつもそうなんだけど、彼女は突然やってきたかと思うと、突然去っていく。

そんな彼女を見て相変わらずだなぁ、なんて微笑《ほほえ》ましく思いながら、私はカバンからいつものように文庫本を取り出した。

とりあえず、予鈴《よれい》が鳴るまで本でも読んでよう。

しおりの挟《はさ》んであるページを開いて、読み進めていた小説の続きを読み始める。

今結構いいところなんだよね、たしか。

そしたら今度は急に、どこからか女子たちの甲高い声が聞こえてきて。

「きゃあぁっ～！」

なにかと思いその声のするほうに目をやったら、なんとそこには、ついさっきまで話題にのぼっていたあの一ノ瀬くんの姿があった。

噂をすれば……。うちのクラスに来るなんて、珍しいな。

璃子が言っていたとおり、その口元には絆創膏《ばんそうこう》が一枚貼られている。

一ノ瀬くんは教室全体をキョロキョロと見回したあと、なぜか私のいるほうに目をやる。

そして、なにを思ったのか、そのままこちらに向かってスタスタと歩いてきた。

え、ウソ。なんで……？

私の席までやって来ると、片手をズボン横のポケットに突っこみ、そこからなにかを取り出す彼。

それは、私が昨日彼に貸してあげたハンカチだった。

「昨日はありがとな。これ、洗ったから返す」

そう言って、笑顔でハンカチを差しだしてくる一ノ瀬くん。

わざわざ返しにきてくれたんだ。

「え、あ、どうも」

言われるがままそのハンカチを受け取る。

すると彼は、今度はうしろのポケットに手を突っこんで、またなにかを取り出してみせた。

見るとそれは、小さなラッピング袋のようで。

「そんで、これはお詫《わ》び。ハンカチ汚しちゃったから、これももらって」

「えっ？」

ウソ。お詫びって……。

「俺が勝手に選んじゃったんだけど、新しいハンカチだから」

「えぇっ⁉」

まさか、律儀《りちぎ》にそこまでしてくれるとは思わなかったので、驚きのあまり大声が出てしまった。

「そ、そんな！　いいよっ。お詫びなんていらないから！」

「いいのいいの。そうじゃないと俺の気が済まないからさ。ね、もらってよ」

「でも……っ」

「はい。もう返品は無効～」

ニコニコ笑顔で押しつけられて、戸惑いながらも仕方なくその袋を受け取る。

「……ありがとう」

するとそこで、一ノ瀬くんは急に空いている私の前の席に腰を下ろした。

てっきりもう用は済んだのかと思ったので、その行動にもまた驚く。

なんだろう。まだなにか話があるのかな？

そろそろ女子たちの視線が痛いんだけど……。

「ところで、遥先輩は大丈夫だったの？」

そう聞かれて、一瞬なんて答えようか迷う。

「う、うん……。大丈夫じゃなかったけど、大丈夫」

「えっ！　もしかして、マジで殴られたとか？　なんかごめん……」

「いや別に、一ノ瀬くんが謝ることないから。もとはと言えば全部、お兄ちゃんが悪いんだもん。仕方ないよ」

私がそう答えると、彼は眉をさげて笑う。

「ははっ。しっかりしてんなー」

そして、ふいに私の机の上に頬杖《ほおづえ》をつくと、急に顔をのぞきこむようにじーっと見つめてきた。

妙に顔が近くて、戸惑う。

それにしても、やっぱりいつ見てもきれいな顔だな。

「ていうか、気づいたんだけど、漢字一文字違いなんだな、俺ら」

「……えっ。うん」

「昨日のはちょっと災難だったけど、俺、一ノ瀬でよかったと思ったよ。やっぱり」

「え？」

なにそれ。どういう意味？

「だって、こうして雪菜と知り合えたし」

思いがけないことを言われ、ギョッとして目を見開く私。

「はっ……？」

なに言ってるの。っていうか、なんで急に下の名前で呼び捨てになってるの？

「俺さ、雪菜と仲良くなりたいんだけど」

続いて彼の口から飛び出してきたその言葉に、私は唖然《あぜん》として一瞬固まってしまった。

いや、ちょっと待って。なにこの人……。

昨日のお礼を言ってハンカチを返してくれたのまではいいけど、これじゃまるで、ナンパだよね。

ただでさえ苦手なタイプだと思ってたのに、ますます警戒心《けいかいしん》がわいてくる。

チャラ男だって噂、やっぱり本当なんだ……。

「え、いや、私は別に……仲良くなりたくないです」

すかさず断ったら、一ノ瀬くんは、きょとんとした顔で聞いてきた。

「なんで?」

「なんでって……あなたのこと、よく知らないし」

「じゃあこれから知ってもらえばいいよ」

彼はそう言うと、先ほど私にくれた新しいハンカチの入った袋を指さしてみせる。

「そこに俺の連絡先書いて入れといたから。メッセージ送って」

「なっ! 私、そんなの教えてなんて言ってないからっ。別に知りたくなんか……」

——キーンコーンカーンコーン。

するとそこで、予鈴のチャイムが鳴って、一ノ瀬くんはサッと席から立ちあがる。

「それじゃ、連絡待ってるから! また来るな、バイバイ雪菜!」

「ちょっ……」

そして、一方的にそう告げると、自分の教室へと帰っていった。

ウソでしょ……。

思いもよらぬ展開にポカンとしてしまって、開いた口がふさがらない。

なんなんだろう、あの人は。いったいなにを考えてるの？

今の、完全にナンパだよね？

いつもこんなふうに女の子を口説いてるのかな？　まるでお兄ちゃんみたい。

ふと周りを見渡すと、何人ものクラスの女の子たちが、私のほうをジロジロ見ながらなにか話している。

「ねぇ、なに今の」

「彼方くん、なにか渡してたよね？」

「どういう関係～？」

やだ、なんか変な誤解をされてる気がする。本当にもう、勘弁《かんべん》してよ。

あんなチャラくて目立つ人とこれ以上かかわりたくないのに、どうしてこんなことになるんだろう。

思わず手に持ったハンカチとラッピング袋に目をやる私。

洗濯《せんたく》済みのそのハンカチからは、知らない柔軟剤《じゅうなんざい》の香りがした。


「なにそれー！　そういうことだったんだ！　うーらーやーまーしーいー‼」

「ちょっと、声デカいよ～」

「あぁ、ごめんごめん」

昼休み、学食で璃子とお昼ご飯を食べていた私は、一ノ瀬くんが今朝どうして私のところにいきなりやってきたのか、彼となにを話したのか、そして彼がケガしていた本当の理由を正直に話した。

さすがに璃子にだけは本当のことを言わなくちゃと思って。

それを聞いた璃子は、案の定大騒ぎ。興奮がおさまらない様子。

「新しいハンカチまでくれるなんてさすがだね！　それ、絶対気に入られたんだよ！　メッセージ送ってとか、すごいじゃん！　もう送った？」

「送らないよっ！　友達登録だってしてないし」

「なんでー？　仲良くなれるチャンスなのに～。もういっそのこと、このまま彼と付き合っちゃえばいいじゃん！」

しまいには、こんなふうに言われて、思わず全力で拒否してしまった。

「つ、付き合うなんてありえないよっ！　あんなチャラい人、絶対に無理！」

そんな私を見て、眉をひそめ、困った顔になる璃子。

「そうかなー？　私はもったいないと思うけどなぁ。それでなくても、雪菜はもっと男の子と絡んだほうがいいよー。華《はな》の女子高生が恋愛しないなんてもったいないじゃん」

「でも……チャラ男はイヤだよ」

「あちゃー。じゃあ、どんな人だったらいいのー？」

「……せ、誠実な人、かな」

「誠実ねぇ。でも、人は見かけによらないものだよ？」

璃子のその言葉に、思わず顔をあげる。

「うん。それは知ってる」

まったくもってそのとおりだとは思う。人は見かけじゃないってわかってる。

でもだからって、一ノ瀬くんと仲良くなれるかっていったら無理だし、私はやっぱり今さら恋愛をしようとは思わない。

「とりあえず友達になるぐらい、いいと思うんだけどな～」

璃子が悩ましげな顔でスプーンを片手に私をじっと見つめる。

「友達ねぇ……」

「あ、そういえば、ハンカチってどんなのもらったの？」

「えっ！」

聞かれてふと、先ほど彼方くんからもらったハンカチのことを思い出す。

そういえば私、さっき女の子たちの視線が怖くて、中身をよく見もしないまま、サッとカーディガンのポケットにしまったんだっけ。

「えーっと、まだ開けてないんだけど、これ」

私が取り出すと、キラキラと目を輝《かがや》かせながら、身を乗りだしてくる璃子。

「見せて見せて～！」

袋を開けてみたら、中にはとてもかわいらしいデザインのベビーピンク色のハンカチが一枚入っていた。

しかもこれ『スウィートベリー』とかいう、最近女子に人気のブランドのものだ。

「えっ、かわいい～！　しかも、スウィートベリーのやつじゃん！　さすが彼方くん、センスいい！」

「ほ、ほんとだ。かわいい」

「いいなぁ、イケメンからのプレゼント！　私だったらもったいなくて使えないよ～。あ、なんか手紙も入ってるよ！」

「えっ？」

璃子はそのラッピング袋に手を突っこむと、中から小さなメモ用紙を一枚取り出す。

そこには、先ほど言っていたとおり、彼方くんの名前と連絡先が直筆《じきひつ》で書かれていた。

電話番号に、メールアドレス、さらにはメッセージアプリのＩＤまで。

いいのかな、こんな個人情報を簡単に教えちゃって。

「きゃーっ！　ほんとに連絡先教えてくれたんだ！　いいなぁ～。てか、彼方くんってこういう字書くんだね。なんかかわいい」

かわいい字、かぁ。言われてみれば……。

「いかにも男子の字って感じだね」

「ねっ。あの顔で、字がヘタなとこがまたかわいい。ねぇねぇ、さっそくなにかメッセージ送ってみたら？」

「えっ！　なんで？　送らないよっ」

「いいじゃん。【登録しました。よろしく】くらい社交辞令《しゃこうじれい》でしょ」

「えーっ……。いいよ、別に私は友達になったつもりなんてないし」

璃子は私に彼方くんとメッセージのやり取りをするようすすめてくるけれど、私はやっぱり気が進まない。

だって、連絡先だって彼はきっといろんな子に教えてるんだろうし、これで私からメッセージなんて送ったら、それこそ彼に気があるみたいだ。

「でも、【ハンカチありがとう】くらい言ってもよくない？」

「うーん……」

するとそのとき、背後から急に人の気配がして。

「よっ、雪菜！」

その明るい声にハッとして振り返ったら、そこには派手な茶髪の男子がひとり、ニコニコ笑いながら立っていた。

「お兄ちゃんっ！」

「あっ、遥先輩」

相変わらずチャラチャラしてて、派手で、無駄に目立つお兄ちゃん。

口元には彼方くんと同じように絆創膏が一枚貼られているけれど、いたって元気そうだ。

お兄ちゃんは、私を学校で見かけると、たまにこうして声をかけてきたりするんだ。

珍しく今日はひとりでいるみたいだけど。

「なになに〜、なんかかわいいの持ってんじゃん。それ、誰かにもらったの？」

お兄ちゃんは私がテーブルの上に広げたハンカチとラッピング袋を見つけると、すかさずつっこんでくる。

「えっ、違うよっ！」

私はいろいろ聞かれたら面倒なので、とっさに彼方くんの連絡先が書かれたメモ用紙を手に取ると、カーディガンのポケットにしまった。

なんとなく、お兄ちゃんには見られたくない。彼方くんと知り合いみたいだし……。

「あ、お前、今なにか隠しただろ！」

「隠してないっ！」

「ウソつけ〜」

そんな私たちのやり取りを見て、璃子がクスクス笑う。

「っていうか、遥先輩、その顔どうしたんですかー？」

そしてお兄ちゃんの顔を見ながら、わざとらしくたずねてみせた。

するとお兄ちゃんは一瞬ドキッとしたような顔をして、苦笑いしながら語りだす。

「あー、これね。璃子ちゃん気づいちゃった？　これはちょっと昨日トラブルに巻きこまれたというか」

「違うでしょ。お兄ちゃんがトラブルを起こしたんでしょ……ん〜っ！」

私がつっこんだら、お兄ちゃんにすかさず口をふさがれた。

「なに言ってんだよ雪菜〜、そんなわけないだろ。ほら、なんていうか、モテる男っつーのはいろいろあるんだよ。わかるだろー？　璃子ちゃん」

「あー、わかりますよ。いろいろ大変ですね〜」

ノリのいい璃子は、つっこみどころ満載《まんさい》のお兄ちゃんの発言にうまく合わせてくれる。さすがだ。

「あ、そうそう。今日俺さぁ、帰り遅くなるから夕飯先食ってて」

お兄ちゃんはパッと私から手を離すと、ポケットからスマホを取り出し、思いついたように話しだす。

私は内心『またか』なんて思いながら、あきれ顔でうなずいた。

「わかった。今日もスタジオ？」

「うん、そう」

「ふーん……。いいけど、受験勉強もちゃんとやったほうがいいよ」

「やってるって」

なんて口では言うけれど、私は彼が真面目に勉強している姿をあまり見たことがない。

友達とバンドを組んでいるお兄ちゃんは、その練習でスタジオに入ったり、家でもギターばっかり弾いてて、この前もお母さんに怒られてた。

好きなことをやるのはいいけど、やるべきこともちゃんとやってほしいんだけどな。

「なんかお前も最近小うるさくなったよな〜。昔はあんなにかわいかったのに」

お兄ちゃんが今度は私の頭をわしゃわしゃと撫《な》でまわしながらぼやく。

「きゃっ、ちょっと！　お兄ちゃんがちゃんとしないのがいけないんでしょ！」

思わずまた言い返したら、璃子がますます楽しそうに『あはは！』と笑いだした。

お兄ちゃんと話してるといつもこんな感じで、兄妹でコントでもやってるみたいな気分になる。

「おーい、遥！」

するとそこで、突然どこからか、誰かが大声でお兄ちゃんのことを呼んだ。

聞き覚えのあるその声を聞いた瞬間、ドクンと心臓が飛び跳ねる。

「あ、陸斗《りくと》だ」

お兄ちゃんがその人の姿を見つけ、手をあげる。

おそるおそる自分もその視線の向こうに目をやると、いつもどおり眼鏡《めがね》をかけ、サラサラの黒髪をきれいに整えた長身の先輩の姿がそこにあった。

そして隣には、ロングヘアの美人な先輩が並んでいる。

――あれは、遠矢《とおや》陸斗先輩。

一個上の三年生で、お兄ちゃんの友達で、現在彼女持ち。

彼を見た瞬間、ズキンと胸に痛みが走った。

「俺ら、そろそろ教室戻るけど」

「あー、待って！　俺も行く！」

お兄ちゃんはそう返すと、サッと私から離れ、こちらに向かって手を振る。

「そんじゃ俺行くわ。またな、雪菜、璃子ちゃん」

私は彼が去っていく姿を見届けたあと、その向こう側にいた陸斗先輩に再び視線を移した。

その爽やかな笑顔は、今も変わらない。

私が憧れていた、あの頃のまま、だけど——。

いろいろと今までの出来事を思い出してしまい、思わずうつむくように下を向いたら、同じように陸斗先輩のほうを見ていた璃子が再びはしゃぎ始めた。

「きゃーっ！　遠矢先輩じゃん。久しぶりに見た。遠矢先輩もいつ見てもカッコいいよね〜。黒髪に眼鏡ってのがまた大人っぽくて好き〜！」

「あはは……」

「あの隣にいる人が彼女なのか〜。たしかに美人だわ。でも私、てっきり遠矢先輩は雪菜のことが好きなのかと思ってたから、意外だったな」

「えっ！」

思わぬことを言われて、動揺してしまう。

「な、なに言って……っ」

「だって一時期、雪菜と遠矢先輩すごく仲よかったじゃん。学校でもよく話してたしさ。私は結構お似合いだと思ってたんだけどね」

璃子の言うとおり、私は一時期、陸斗先輩ととても仲がよかった。でも、それは過去の話だ。

今はもう、ほとんど話すこともない。

「そ、それはただ、お兄ちゃんと仲がいいからだよ。前はよくうちにも遊びに来てたし……。でも最近は全然来ないよ。そもそも陸斗先輩は私のことなんて、絶対になんとも思ってないから……」

自分で言いながら、胸が苦しくなる。

だけど、それを顔に出さないように必死で取り繕《つくろ》ったつもりだった。

璃子は、私と陸斗先輩の間になにがあったのか知らない。

私が半年前、彼を好きだったことも……。

誰も、なにも知らないんだ。

だから、こんな話をされても、私は笑ってなんでもないふりをすることしかできない。

自分の中にしまいこんだ、苦しい初恋の記憶。

初めて誰かを好きになって、失恋して、ボロボロに傷ついて。こんな思いをするくらいなら、もう恋なんてしなくていいと思った。

だから私はそれ以来ずっと、恋愛することをどこかであきらめてしまっている。

おそれているんだ。再び自分が傷つくことを。

もっとキミを知りたい

それから三日後。いつものように帰りのホームルームが終わったあとカバンに荷物を詰めていたら、璃子が私の席に来て声をかけてきた。

「やっほー、雪菜！」

「あ、璃子。あれ？　璃子ってたしか今日もバイトだよね？」

「うん、そうだよ。しかも今日はイケメンの先輩とシフトが一緒の日なの。ラッキー！」

「へぇ、よかったね。がんばってね！」

「ふふ、ありがと。あ、そういえば雪菜、あの件はどうなったの？」

「え、あの件ってなに？」

「ほら、あれだよあれ！　彼方くんのこと！　そのあと、彼に連絡はした？」

やっぱり聞かれたと思いながらも、正直に答える。

「……し、してない」

「えーっ、なんで～っ⁉」

「だって、別に私一ノ瀬くんに興味ないし、それに実はその連絡先の紙、なくしちゃって……」

「えーっ！　ウソでしょ⁉」

「間違えて洗濯しちゃった」

そう。実を言うと、あの紙をカーディガンのポケットに入れっぱなしにしていた私は、そのまま出し忘れて洗濯してしまったんだ。

だからもう、彼の連絡先はわからない。

「なにそれ～！　もったいない。理由話してもう一回聞いてみたら？」

「な、なに言ってるの、別にいいよ。もとから連絡するつもりなかったし」

「え～っ」

璃子はすごく残念そうにしてるけど、私はどちらにしろ彼とこれ以上かかわるつもりなんてなくて。その後、とくに顔も合わせていないし、彼もきっと私に連絡先を教えたことなんて忘れてるだろうと思ってた。

「それより璃子、バイトの時間大丈夫？」

「あっ！」

私が問いかけると、ハッとして時計に目をやる璃子。

「やばい、急がなきゃ遅刻しちゃうじゃん！　それじゃまったね～！」

そして、カバンを肩にかけなおすと、慌てて教室を出ていった。

思わずクスッと笑ってしまいそうになる。

璃子ったら、相変わらずそそっかしいなぁ。

そんなことを思いながら、私も続くように教室を出る。

そのままゆっくり歩いて下駄箱まで来ると、ちょうど今から下校する生徒でいっぱいで、とてもにぎやかだった。

二年生の下駄箱の近くには、派手な女の子の集団が誰かを取り囲むようにして輪をつくっている。なんだろう。

チラッとそちらに目をやったら、なんと、その取り囲まれていた人物は、あの一ノ瀬くんだった。

わぁ、相変わらずすごい人気……。

「ねぇねぇ、誰待ってるのー？」

「よかったらうちらと一緒に帰らない？」

「どっか遊びに行こうよ～」

女子たちに次々声をかけられハーレム状態の彼の横を、知らん顔で通り過ぎようとする。

するとその瞬間。

「雪菜！」

えっ……。

なぜだか呼び止められてしまった。

まさか、気づかれて声をかけられるとは思ってもみなかったので、ビクッと肩が震える。

どうしよう。ましてや、こんなふうにファンの女の子がたくさんいる前で。

おそるおそる振り返ると、彼と目が合うと同時に、女の子たちの視線が一気に私に集中する。

なんだかとても気まずくて、逃げだしたいような気持ちになった。

だけど、そんなことは気にせず、笑顔で話しかけてくる一ノ瀬くん。

「よかった、まだ帰ってなくて」

「えっ……。な、なんで？」

「雪菜のこと待ってた」

「……っ⁉」

ウソ。なんで私のことを？

「話したいことあるから、一緒に帰ろ」

思いがけない彼の発言にギョッとして目を見開く私。

「えっ！　いや、ちょっと、なに言って……」

だけど、戸惑う私をよそに、一ノ瀬くんは女子の輪からサッと抜けだすと、すぐそばまでやって来る。

そして私の片腕《かたうで》をギュッと掴むと、女の子たちのほうに向きなおって。

「悪いけど俺、この子に用あるから帰るな。じゃあね！」

なんて言いながら笑顔で手を振るものだから、当然だけど、女の子たちからブーイングが出た。

「えーっ！　ちょっと待ってよ〜！」

「やだー、その子誰なの？　どういう関係？」

ますます気まずくて、顔をあげられない。

こんなのむしろ、私のほうがブーイングしたい気分だよ。

「ほら雪菜、行こ」

「あの、ちょっと……！」

なんだかよくわからないまま、手を引かれ昇降口の外まで連れていかれる。

無理やり振り切るわけにもいかなくて結局ついてきてしまったけれど、内心困惑《こんわく》していた。

だって、待ち伏せしてたうえに、強引に連れだすなんて。しかもファンの子たちの前で。

私、一緒に帰るなんてひとことも言ってないのに……。

「……ねぇ、なんなのいきなり。話したいことってなに?」

仕方なく隣を歩きながら、ムッとした顔で問いかける。

すると彼は、そこでようやく手を離し、困ったように笑った。

「あぁ、ごめんな」

「それに、さっきの女の子たちは、ほっといていいの?」

「え? あぁ、別にいいんだよあれは。気にしなくても」

「いや、あのね、一ノ瀬くんはよくても私は……っ」

私がますます顔をしかめて言い返そうとしたら、急に一ノ瀬くんは私をじっと見つめてきたかと思うと、悲しそうな表情を浮かべる。

「それよりさぁ、なんで連絡くれないの?」

「えっ」

「ずっと待ってたのに。俺」

思いがけないことを言われて、一瞬言葉に詰まってしまった。

「え……ウソ。待ってたの?」

「うん」

その表情はなんだかまるで、すねた子供みたいだ。

「いや、でも私、連絡するなんてひとことも……」

「雪菜が連絡くれないから俺、けっこー落ちこんでたんだけど」

「えぇっ？」

ウソでしょ。

「そ、そんなこと言われても……」

そもそも私、連絡先書いた紙なくしちゃったし。

「っていうか、私とやり取りなんてしなくても別に、連絡とる女の子なんてほかにたくさんいるでしょ」

私がそう返すと、即否定する一ノ瀬くん。

「いないよ。そんなに俺、普段女子に連絡しないし」

本当かなぁ？

「ほかの子なんてどうでもいい。俺が待ってたのは、雪菜からの連絡だけだよ」

「……っ」

なにそれ。本気で言ってるの？

どうしてそんなに私からの連絡がほしいんだろう。よくわからない。

この前初めて話したばかりなのに。

これも彼のナンパの手口とか？

「でも私、一ノ瀬くんのこと、よく知らないし」

なんだかもう、どう返していいのかわからなくなって下を向くと、一ノ瀬くんが横から顔をのぞきこんでくる。

「俺のこと、嫌い？」

どうしてそんなこと聞くの。

「べ、別に……好きでも嫌いでもない」

正直に答えたら、彼はなぜかホッとしたように笑った。

「そっか。ならよかった！」

……へ？

「嫌われてないならいいや」

しかも、別に彼のことを肯定《こうてい》したわけでもないのに、うれしそう。なにそのポジティブ思考。

「で、でも私、しつこい人は好きじゃないからっ」

思わずつけ足すようにそう言ったら、すかさず問いかけてくる一ノ瀬くん。

「じゃあ、どんな人が好き？」

「えっ、どんな人って。そんなの聞いてどうするの？」

「いいから教えてよ」

「うーん……。ま、真面目で、誠実で、裏表のない人」

「へぇー、なるほど。なかなか具体的だなー、それ」

感心したように言うけれど、その顔はちょっと苦笑いしているように見える。

理想が高いとでも思ったのかな。

「でも俺、こう見えて真面目だよ？」

一ノ瀬くんがそう言って、私の顔を再びじっと見下ろす。

だけど私は、その言葉にまるで説得力を感じなかった。

「そうなの？」

「うん。超真面目！」

「……」

だって、全然真面目そうに見えないんだもん。どこからどう見てもチャラ男だよ。

疑うような目をする私に、一ノ瀬くんがすかさずつっこんでくる。

「あ、見えないって顔してんな」

そのとおり。だって、本当にお兄ちゃんと同じタイプにしか見えないよ。

私が渋い顔で一ノ瀬くんを見上げると、困ったように眉をさげながら、ふぅっとため息をつく彼。

「仕方ねぇなー。よし、わかったよ。やっぱり、連絡先聞くのはあきらめる」

「えっ」

しつこいのかと思いきや、意外にもすんなりとあきらめてくれたみたい。

「そのかわり、また話しかけてもいい？」

「べ、別にいいけど……」

話しかけるくらいなら。

思わずうなずいたら、一ノ瀬くんはフッと優しい笑みを浮かべた。

「よかった、ありがと。雪菜に少しずつ、俺のこと知ってもらいたいし、俺も雪菜のこと知りたいから」

私をまっすぐ見つめながら語る彼は、調子がいいことを言っているように見えるけれど、瞳の奥はすごく真剣で。

ウソくさく感じるかというと、そうでもない。

だけど、そういうのを真に受けたらいけないってことはよくわかってるので、やっぱり私は警戒してしまう。

「よろしくな」

一ノ瀬くんはそう言うと、目を合わせたまま私の頭にポンと大きな手のひらを乗せる。

いきなり手が触《ふ》れたものだから思わずドキッとしてしまったけれど、こういうところはやっぱりチャラいなと思った。

「それじゃ、また明日」

「う、うん。バイバイ」

気がつけばちょうど学校の最寄り駅に到着したところだったので、そこでおたがいに別れを告げ、ホームに向かって歩いていく。

結局流れで一緒に帰ってきてしまった。なにやってるんだろう、私。

一ノ瀬くんって、なんだか掴みどころのない変わった人だ。

どうして私なんかにいちいち構うのかな。ほかにもっとかわいくて、一ノ瀬くんを気に入っている女の子なんてたくさんいるだろうに……。

彼の考えていることが、さっぱりわからない。

でもたぶん、私以外にもいろんな子にこうやって思わせぶりなことを言っているんだろうな。

きっとそうに違いない。

そんなことをつらつらと考えながら、ひとり電車に乗りこんだ。

翌日。朝学校に到着し、いつものように靴を履き替えようと下駄箱を開けると、上履きの上に、あるものが置かれているのを発見して、驚きのあまり心臓が止まりかけた。

「……っ！」

思わず声をあげてしまいそうになったくらいだ。

そこにあったのは、一枚の白い封筒《ふうとう》。

なにこれ。まさか……ラブレター？

いや、私に限ってそんなはずはないよね。ラブレターなんて今まで一度ももらったことがないし、そんなにモテるわけでもないし。

となると、ほかに考えられるのは、呼びだしの手紙とか？

やだ、怖いなぁ……。

だけどここ数日の出来事を振り返ると、その可能性は大いに考えられる。

だって、あの学年のアイドル的存在の一ノ瀬くんと絡んでたところをいろんな人に見られてるし。

昨日だって、流れで一緒に帰ることになっちゃったし。

一ノ瀬くんのファンの子たちから恨みを買ってしまったとしてもおかしくはない。

気になって、おそるおそるその封筒を取り出す。

封筒の表面や裏面には、とくに差出人《さしだしにん》の名前は書かれていない。

誰からなんだろう……。

ドキドキしながら便箋《びんせん》を開いてみる。

するとそこには、見覚えのあるヘタくそな文字がずらっと並んでいて。見た瞬間、別の意味でギョッとした。

＊＊＊

雪菜へ

昨日は一緒に帰ってくれてありがとう！　話せてうれしかった。

俺は雪菜ともっと仲良くなりたいって思ってるし、雪菜に俺のことをもっと知ってほしいです。

だから、手紙を書いてみました。

まずは俺の自己紹介から。

一ノ瀬彼方　一月十七日生まれの山羊座　O型。

身長は百七十七センチ、体重六十一キロ。

趣味はサッカーと、音楽を聴くこと。

好きな食べ物は卵焼きとプリン。

よかったら今度、雪菜の好きなことも教えて。

一ノ瀬彼方

＊＊＊

……ウソでしょ。

『雪菜へ』から始まるその手紙。便箋の一番下に目をやると、差出人の名前がデカデカと書かれている。

読んでみたら、まるで子供が書いた手紙みたいだったので、あきれつつも、ちょっと笑ってしまいそうになった。

なにこれ。どうして急に手紙なんか……。

しかも、聞いてもいないのに自己紹介してくれちゃってるし、好きな食べ物まで書いてある。

ナンパの手口にしては、手がこんでるっていうか、マメっていうか……。

普通こんなことしないよね。

なんだろう。一ノ瀬くんって、実は変わってる？

やっぱり彼の考えていることがよくわからない。

便箋をたたんで再び封筒にしまい、それをそっとカバンの中に突っこむ。

私は内心戸惑う気持ちでいっぱいだったけれど、とりあえず、イヤがらせや呼びだしの手紙ではなかったことにホッとしていた。


――キーンコーンカーンコーン。

二時間目の授業の終わりを告げるチャイムが鳴る。

私はさっそく教科書とノートを机の中にしまうと、カバンからいつものように文庫本を取り出した。

休み時間は基本、自分の席に座って読書をしている私。

もちろん璃子のところに行って話したり、ほかのクラスメイトとおしゃべりすることもあるけれど、どちらかと言えば本を読んでいるほうが多いような気がする。

好きなことはなにかと聞かれたら、まずは『読書』って答えると思う。

そういえば、さっきの一ノ瀬くんの手紙に、『雪菜の好きなことも教えて』とか書いてあったな。

思い出すと、なんだか妙に照れくさい気持ちになる。

男の子から手紙をもらうのなんて、初めてだったから。

あれって別に、返事とか書かなくてもいいんだよね？

向こうが勝手に書いてきただけだもんね？

って、なんで一ノ瀬くんのことなんか考えてるんだろう私。それより読書の続き。

一瞬気が散りそうになったけれど、小説に集中しようと頭を切り替える。

するとそこで、突然誰かが私の机の前にひょっこりと現れて。再び集中力が途切れた。

「雪菜！」

見上げるとそこには、爽やかな笑みを浮かべながらこちらを見おろす一ノ瀬くんの姿が。

ウソ。なんでまた……。

「ど、どうしたの？」

驚きながらも一ノ瀬くんに問いかけたら、彼はちょっとわくわくした様子で聞いてくる。

「なぁ、あの手紙、読んでくれた？」

え、手紙って……。

「あの、下駄箱に入ってたやつ？」

「うん」

「読んだ、けど。なんで急に手紙なんか……」

私が戸惑った表情を浮かべると、彼は空いている前の席にサッと腰かけ、私の机の上に片手で頬杖をついた。

「スマホでやりとりできないなら、いっそのことアナログな手段でいこうかと思って。それに、手紙のほうが気持ち伝わるだろ」

「え……」

それで普通、手紙なんか書くかな？

一ノ瀬くんって、普段手紙なんて書くようなキャラには見えないんだけど。

「だからって、下駄箱に入れないでよっ。見られたら恥ずかしいし、一瞬イヤがらせかと思ったでしょ」

「あぁ、そっか。ごめんごめん。それなら直接手渡ししたほうがよかった？」

「そういう意味じゃなくてっ！」

「ははっ」

私が少しムッとした顔で言い返すと、彼はなぜか楽しそうに笑いだす。

なにがそんなに楽しいんだろう。

「あの私、別に一ノ瀬くんと文通とかするつもりないし、返事とか書けないからね」

期待されても困るから、一応これだけは断っておこうと思い、彼にはっきり言うと、彼は頬杖をついたまま私をじっと見つめ、にこやかにうなずいた。

「うん、別にいいよ。俺が一方的に雪菜への気持ちを書いて送るから」

「……っ」

気持ちって。

「雪菜がちゃんと読んでくれるだけでうれしいし」

そう言って微笑む彼は、なぜだか本当にうれしそうな顔をしていて、私はあきれつつも、それ以上なにも言い返せなかった。

どうしてだろう。こうやって屈託《くったく》なく笑う彼を見ていると、なんだかそこまで憎めないというか。

もしかして、この勢いで毎日手紙を書いてくるのかな？

それはさすがに困るんだけど……。

「あ、それよりさ、今日も一緒に帰れる？」

するとそこで、ふと思いついたようにたずねてくる一ノ瀬くん。

急にまたなにを言いだすんだろう。

昨日だって、別に一緒に帰るつもりはなかったんだけどな。

「か、帰れないよっ。私、今日委員会あるし」

「委員会？　へぇ。雪菜ってなに委員なの？」

「……図書委員」

私がボソッと答えると、彼は私が手に持った文庫本に目をやったあと、納得したようにウンウンとうなずいてみせた。

「そっかー。たしかに雪菜っていつも本読んでるもんな。本が好きなんだ？」

「う、うん……」

なんとなく小さな声になる。

昔から、読書が好きって言うと、だいたい『真面目ちゃん』みたいなイメージを持たれがちだから。実際にそうなんだけど……。

そんな私を見て、一ノ瀬くんが明るい声で言う。

「じゃあ俺、放課後本借りに行こうかな」

「えっ！」

やだ、どうしてそうなるのかな。本気で言ってるの？

「いや、来なくていいからっ」

「なんで？　いいじゃん。あ、もしかして照れてる？」

「て、照れてないっ！」

からかうように言われて、私が焦ったように否定すると、楽しそうにクスクスと笑う彼。

「ははっ。雪菜ってさぁ、実は結構ツンデレだよなー。リアクションがいちいちかわいい」

「……なっ！」

さらには思いがけないことを言われ、ふいに心臓がドキッと跳ねた。

なに言ってるの？　かわいい？

しかもツンデレって、なにそれ。初めて言われた。

こんなの冗談だとわかっていても、調子が狂ってしまう。

なんなんだろう、もう。相手にしないつもりだったはずなのに、完全にペースを乱されているというか、彼のペースに流されているというか……。

つまり、彼もまたお兄ちゃんと同じで、口がうまいってことだよね。

やっぱりこういうチャラい人は苦手だなぁとあらためて思った。

その日の放課後。図書委員の当番だった私は、授業が終わるとカバンを持ってすぐ図書室に向かった。

人けのない図書室のドアを開け、中に入ると、カウンター前の席に腰かける。

そのままひとりで黙々と日誌を書いたり、いつもの作業をこなしていく。

今日も利用者は少なかったので、中はガランとしていて、とても静かだった。

あまりにも静かなので、途中から眠くなってきてしまったくらいだ。だけど、こんな場所で眠るわけにはいかない。

日誌を書き終わったあとは、カウンターの中で座ったまましばらくボーッとしていた。

それにしても、今日は本を借りに来る人が全然いないな。

机で勉強している生徒が二、三人いるだけで、いつも以上にガラガラだ。

そういえばさっき、一ノ瀬くんが来るみたいなこと言ってたけど、来ないな。

まぁ、とくに期待してたわけじゃないからいいんだけど、結局忘れてるんだなぁと思う。

やっぱりチャラ男の言うことなんて、真に受けちゃダメだよね。

きっと、あんなのは全部、その場の思いつきの冗談に違いない。

本を借りる人がいないみたいだったので、一度席を外し、本の返却作業に移る。

可動式《かどうしき》の棚を移動させながら、一冊ずつ、本をもとあった場所へ返していく。

最近この作業にもすっかり慣れてきたので、わりと迷わずサクサク進めることができた。

だけど途中、思わぬところで苦戦する羽目《はめ》に。

たまたま棚に戻そうとしたその本の場所が、棚のすごく高いところだったため、微妙に手が届かなくて。

背伸びをしたり、ジャンプをしてみたけれど、それでもあと少しのところで、うまく棚に戻すことができなかった。

困ったなぁ。あと少しで届きそうなのに……。

よし、めげずにもう一回。

そう思って腕を伸ばし、本を手に持ったまま一生懸命、背伸びをする私。

プルプルと右腕が震えてくる。

すると、そのとき背後に、ふっと人の気配を感じて。

あれ?と思った瞬間、うしろから誰かが私の手に手を添えて、その本を棚にスッとしまってくれた。

えっ……?

同時に頭上から聞こえてきた、耳に覚えのある声。

「大丈夫? 高いとこは俺がやろっか?」

驚いて振り返ると、そこにはなんと、微笑みながら私を見おろす一ノ瀬くんの姿があった。

ウソッ! なんでここに。いつの間に来たんだろう。

しかもなんか、すごく距離が近いんだけど……。

気がついたら、彼に囲いこまれるような体勢になっていて、なんだか変にドキドキしてしまう。

「い、一ノ瀬くん、なんでっ……？」

動揺する私に、一ノ瀬くんはニコニコしながら言う。

「だって俺、本借りに行くって言ったじゃん」

まぁ、たしかにそう言ってたけど……本当に来たんだ。てっきり忘れてると思ってた。

「ほ、ほんとに借りに来たの？　一ノ瀬くん、読書とかするの？」

からかい半分で来たのかなと思い、思わずそんなふうにたずねたら、彼は苦笑いした。

「うわ、失礼だな～。俺だって本くらい読むよ。まぁ、ほとんど漫画だけど、たまに小説も」

「……そうなんだ」

「ってなわけで、図書委員さんのおすすめありますか？」

唐突にそんなことを聞かれ、戸惑う。

「おすすめって言われても。一ノ瀬くんの好みがわからないからなんとも……」

「俺の好みに合わせなくても、雪菜のおすすめでいいよ。あっ！　じゃあ、雪菜の一番好きな本教えてよ」

「えっ」

私が一番好きな本？

それを知ってどうするんだろうなんて思いつつも、一番好きな本といえば、私の中では決まっている。

一瞬ためらいながらも、その本が並ぶ棚へと歩いていく私。好きな本はたくさんあるけれど、一番は、やっぱり……。

「この本、なんだけど……」

分厚い単行本をそっと棚から取り出し、一ノ瀬くんに見せる。

そしたら彼は興味深そうに、そのカバーをまじまじとのぞきこんできた。

「へぇ、なになに、『雪の妖精《ようせい》』っていうんだ。なんか、雪菜の名前にぴったりじゃん。どんな話？」

「えっと、ファンタジーなんだけど……。とある国の王子様が、旅の途中に仲間とはぐれて雪山で遭難《そうなん》したところを、リリスっていう雪の妖精に助けられて、王子は一生懸命介抱《いっしょうけんめいかいほう》してくれた彼女に恋をしてしまうの」

とりあえず簡単にあらすじを説明しようと語り始める私。

するとそれを、「うんうん、それでそれで？」と興味深そうに聞いてくれる一ノ瀬くん。

「妖精である彼女の一族は人間を野蛮《やばん》だと思って嫌っているんだけど、彼女もまた優しい王子に惹かれていって、ふたりはどんどん仲を深めていくの」

だからもう少し詳しく説明しようと思って、続きを語りだしたら、だんだんと止まらなくなってしまって。

「でもね、その先がすごく切なくて。春になって、王子が国へ帰ろうとしたある日、行方《ゆくえ》不明の王子を探しに来た兵士たちが雪山を攻めてくるの。それで山を荒らされると思った妖精の女王が怒って攻撃したら、戦いになってしまって、そのせいで山火事が起きちゃうの。王子は自分もヤケドを負いながらなんとかしてその戦いを終わらせるんだけど、火事はひどくなって、妖精たちも兵士たちも命が危なくなって……。そこで、もとから強い魔法の力を持っていたリリスが、自分の持つ力のすべてを使ってその山火事を鎮火《ちんか》させるの。でもそのせいで最後彼女は力尽きて消えてしまって。そこが本当に悲しくて、泣けて……。そしたらね、最後に王子が……」

気がついたらペラペラとひとりでその本について熱く語っていて、結局ストーリーをほとんど全部話してしまった。

途中でハッとして、自分の口を片手で押さえる私。

やだ、私ったらつい長々と……。なにひとりでしゃべってるんだろう。

しかも、一ノ瀬くんの前でこんな……バカみたいだよ。

我に返った途端一気に恥ずかしさがこみあげてきて、思わず下を向く。

どうしよう。今のは、さすがに引かれたよね。最悪だ。

そしたら黙って私の話を聞いていた一ノ瀬くんが、次の瞬間クスッと笑った。

「ふっ。雪菜って本の話になると、すげーイキイキするんだな」

「……っ」

やだ。私ったらそんなにイキイキしてた？

「そういうとこもかわいい」

だけどそう言って私をまっすぐ見つめる彼は、すごく優しい表情をしていて。

なんだろう。とくに引かれたとか、あきれられたというわけではないみたい。

「なっ……」

「ほんとにこの本が好きなんだなー。でも、すっごくいいストーリーじゃん。すげーおもしろそう。なんか話聞いてたら、俺も読みたくなってきた」

「え、ウソッ！」

本気で言ってるのかな？

「じゃあ図書委員さん、この本借りたいんで、お願いできますか？」

一ノ瀬くんがそう言って、単行本を私の手からそっと取りあげる。

「……う、うん。いいけど」

私は内心、戸惑う気持ちでいっぱいだったけれど、そのまま彼のあとをついてカウンターへと向かった。

「あの、それじゃ、学生証貸して」

「あぁ、学生証ね。はい」

――ピッ。

機械で彼の学生証と、本のバーコードを読み取り、貸しだしの処理をする。

そしてそれらを彼に手渡したら、彼はニコッとうれしそうに笑いながら受け取った。

「ありがとな、図書委員さん。残りの仕事もがんばれ！」

言いながら、もう片方の手でポンポンと頭を撫でてくる一ノ瀬くん。

「……っ」

慣れないスキンシップに、不覚にも心臓がドキンと跳ねる。

そのまま彼は機嫌よさそうに本をかかえると図書室を去っていったので、私はカウンターの前でたたずんだまま、ポカンとしていた。

あぁもう、なにやってるの、私。

なんだかまた彼のペースにすっかり乗せられてしまった気がする。

それにしても、本当に読むのかな？　あんな分厚い本。

長いし、おとぎ話みたいなお話だし、そこまで知名度のある作品でもないし、一ノ瀬くんみたいな人が好んで読みそうな本じゃないと思うんだけどな。

だけど、私が本についてうっかり熱く語ってしまったのを彼がイヤな顔せずに聞いてくれたのは意外で、ちょっとだけうれしかった。

絶対ウザがられたと思ったのに……。

やっぱりよくわからない人だな、一ノ瀬くんって。

いったいなにを考えてるんだろう。


次の日の朝。いつものように学校に着いて、自分の下駄箱を開けた私。

そしたら今日は中になにも入っていなかったので、思わずホッとした。

……ふぅ。さすがに今日は手紙なんて入ってないよね。

昨日は見た瞬間ドキッとしたからな。

そういえば一ノ瀬くん、あの本をどうしたんだろう。

まぁ仮に読んだとしてもあの文量じゃ、相当な読書好きでもないと、長すぎて一日じゃ読みきれないよね。

なんて、登校して早々彼のことを思い浮かべてしまった自分に少しびっくりしながらも、教室へと向かう。

カバンを置いて席に着いたら、璃子がさっそく声をかけてきた。

「おっはよ～！　雪菜」

「おはよう」

私が挨拶を返すなり、身を乗りだしてくる彼女。

「ねぇ、そういえばさっき彼方くんがうちのクラスに来てたんだけどさー、すぐに帰っちゃって。雪菜の席のあたりでキョロキョロしてたから、たぶんあれ、雪菜に会いに来たんだと思うよー」

「えぇっ！」

それを聞いて、ドキッとする私。

なにそれ。そうだったの？

なんでまた朝から……。

「残念だったねー。もうちょっと早く来れば会えたのに！」

「いや、別に私は会わなくても……」

「なんでー？　せっかく気に入られてるんだから、仲良くすればいいじゃん」

ニヤニヤしながらそう言われて、なんとも言えない気持ちになる。

気に入られてる……そうなのかな。

もし仮にそうだとしても、チャラそうな彼のことだから、たくさんいるお気に入りのうちのひとりとか、そんな感じだよね、きっと。

「私だったら、あれだけ熱心にこられたら、落ちちゃうけどな〜」

「熱心って……」

「だってそうじゃない？　彼方くん、最近ちょくちょく雪菜に会いに来てるよね？　それって雪菜のことが好きだからじゃないの？」

「ま、まさかっ！」

璃子の言葉にギョッとする。

でも、さすがにそれはないと思う。好きなんて、そんなことあるわけがない。

「ほら、この前のあの殴られた事件。あれをきっかけに雪菜にほれちゃったんだよ〜」

「いや、そんなの絶対にありえないって！　からかってるだけだよ」

私が全力で否定すると、璃子は笑いながら私の肩をポンとたたいた。

「いやいや〜、絶対そうだって！　よかったね〜、雪菜にも恋のチャンスが到来《とうらい》だねっ！」

まるで私の言うことを聞いてない。むしろ、おもしろがってる。

そして璃子はそのまま『それじゃまたあとで！』とひとこと告げると、さっさと自分の席へと戻っていった。

困った顔で、ふぅ、とため息をつく私。

まったくもう、璃子ったら……。

あきれながらもカバンから教科書を取り出し、引きだしの中にしまおうとする。

……あれ？

するとそのとき、机の奥に、なにやら封筒のようなものが入っているのが見えて、ドキッとした。

ウソッ。これって、手紙？

まさかと思いながらも取り出して見てみたら、差出人の名前は、こう書いてある。

『一ノ瀬彼方』

やっぱり……。また一ノ瀬くんからだ。今度はなんだろう。

まさか、毎日書いてくるつもりなのかな？

気になって開けてみたら、今度はなんとやけに長文の手紙で、便箋二枚分びっしりと書いてある。

え、こんなに書いたの？　いったいなにを……。

だけどよくよく読んでみたら、そこには思いがけないことが書いてあって、私は思わず目を大きく見開いた。

＊＊＊

雪菜へ

昨日は雪菜の好きな本教えてくれてありがとう！　『雪の妖精』全部読んだよ。最初は分厚くて全部読めるかなって思ったけど、読み始めたら止まらなくなって、夜中の三時くらいまで起きてずっと読書してた。

めちゃくちゃおもしろかったし、感動して最後はボロボロ泣いてしまった。すげーよかったよ！

以下、俺がいいなと思ったところと、個人的な感想です。

最初、リリスと王子が出会ったときに……。

＊＊＊

ウソ。なにこれ……。

そう。信じられないことに、そこには昨日彼が図書室で借りていったあの本の感想がびっしりと書きこまれていて。

しかも、かなり真面目に読みこんでいないと書けないような内容だったので、本気で驚いた。

動揺したまま最後まで手紙に目を通すと、一ノ瀬くんが伝えたかったことがまっすぐに書かれていた。

＊＊＊

読んでみたら、雪菜がこの本をすごく好きだって言う理由がよくわかったよ。俺もしばらく余韻《よいん》から抜け出せなかった。これは熱く語りたくなるよな。

俺にとっても大好きな作品になりました。素敵な本をおすすめしてくれてありがとう！

雪菜の好きな本をもっと知りたいし、読んでみたいって思ったから、また今度ほかにもおすすめあったら教えて。

一ノ瀬彼方

＊＊＊

……すごい。一ノ瀬くんは、あの分厚い単行本を本当に読破《どくは》したんだ。しかも、たった一日で。

正直彼がこんなにも真面目にあの本を読んでくれるとは思っていなかったので、意外すぎて開いた口がふさがらなかった。

そのうえ、わざわざこんな詳しい感想まで聞かせてくれるなんて……。

仮にこれが、彼の女の子を落とすためのアクションのひとつだとしても、ここまでする人は見たことがない。

だって、うちのお兄ちゃんは女の子を落とすためでも、自分が面倒だと思うことは絶対にしないし。彼女にすすめられても本なんか読まないし。

それに、なによりこの手紙は、そんなことのために書いたものだとは思えなかったから。

彼の感想を読んだら、私にアピールしたいというよりも、ただ純粋に物語を楽しんでくれたんだって、そう思えた。

私が初めてこの本を読んだときに感じたことと、同じようなことを彼も感じてくれていたのがわかって。

それがなんだかとてもうれしかった。

一ノ瀬くんはたしかに見た目はチャラいし、掴みどころがないし、ちょっと強引なところもあるけれど、そんなに悪い人ではないのかもしれない……なんてことを思ってしまう。

それはただ、自分の〝好き〟に彼が共感してくれたからっていう、単純な理由かもしれないけれど。

私の中で、彼に対する警戒心が少しやわらいだことだけは、たしかだった。

chapter*2

Kimisae ireba,
nanimo iranai.

Only you.

presented by
Aoyama Sorara

キミのこと以外考えられない【side 彼方】

こういうのを、ヒトメボレって言うんだろうか——。

雪菜が俺のことをかばってくれたあのときのこと。思い出すと、今でもドキドキする。

彼女は勘違いで殴られる羽目になった俺のことを、話したこともない俺のことを、助けてくれた。

たしかに俺が殴られたのは、彼女の兄貴のせいではあったけれど、別に放っておくことだってできたはずなのに。

『この人は関係ないです。殴るなら、うちの兄を殴ってください』

男に向かってはっきりとそう言い放った彼女は、凛《りん》としていて、とてもカッコよく見えた。

だけど、その声は少し震えていて、よく見ると彼女の足も小さく震えていた。

それに気がついたとき、本当は怖いのに、俺のために勇気を出して行動してくれたんだってわかって、感激した。

さらに彼女はケガをした俺にハンカチまで貸してくれて。

きっと、困っている人を放っておけない、思いやりのある子なんだろう。

俺が話しかけても彼女はニコリともしてくれなかったけれど、その優しさと勇気に、俺はものすごく心を揺さぶられた。

あの瞬間、俺の中でなにかがはじけた。


それまで俺は、雪菜と一度も話したことがなくて、クラスも違ったし、顔と名字を知っている程度だった。

偶然にも俺と雪菜は、漢字一文字違いで同じ名字だし。

それに彼女の兄、遥先輩と俺は知り合いだったから、前から妹である彼女の存在は知っていて、派手な遥先輩とは全然雰囲気が違うことが、実に意外だった。

なにせ、兄の遥先輩は、うちの学校でも有名なチャラ男だ。女癖が悪くて、泣かせた女は星の数なんて言われてる。

だけど、遥先輩自身は話すとおもしろいし、いい人なので、俺は先輩のことが人としてはとても好きだった。

まぁ、まさかその先輩の女癖の悪さのせいで、自分が殴られることになるとは思ってもみなかったけど。

今思えば、それで雪菜と知り合えたんだから、逆によかったんだと思う。

雪菜はとても物静かな子だった。

口数も多くないし、女子の大人数グループで群れたりもしていないし、そんなに目立つタイプではない。

見た目は小柄だし、サラサラの黒いロングヘアが真っ白な肌によく似合っていて、清楚《せいそ》な雰囲気だけれど、話しかけるとわりとそっけなく返される。

フレンドリーな兄の遥先輩とは違って、一見クールというか、警戒心の強い子だなと思った。

親切にしてくれたかと思いきや、俺が『仲良くなりたい』って言ったら、『私は別になりたくない』と断られる。

だけど、おとなしそうに見えて、そうやってはっきり言うところもまた、いいなって思った。

助けてくれたときもそうだったけど、芯がしっかりしている子なんだろう。

今まであまり俺の周りにこういうタイプの子はいなかったので、新鮮だった。

でも、そんな一見クールに見える彼女にも、意外な一面があって。

俺がときどきわざとからかうようなことを言うと、顔を赤くして、照れたような反なるんだ。

応をするときがある。

そして、大好きな本の話をしはじめると、急に熱くなって、いつになく饒舌《じょうぜつ》になるんだ。

その普段の姿とのギャップがまた、たまらなくかわいくて。

雪菜のことを知れば知るほど、俺は夢中になっていった。

もっと彼女のことを知りたいと思った。近づきたいと思った。

どうしたらもっと話してくれるんだろう。俺に興味を持ってくれるんだろうって。

気がついたら毎日、雪菜のことばかり考えていた。

正直、自分からここまで女の子に夢中になったのは、初めてだった。

物心ついた頃から俺は、自分の容姿を褒められることが多かった。

なぜか周りがみんな俺にチヤホヤしてくれるので、俺もすっかりそれに慣れてしまって、中学に入る頃にはすでに、自分はモテるんだと自覚していた。

毎日のように女子に告白されたり、ラブレターをもらったりして。もちろんうれしくないわけじゃなかったけれど、正直なところ、よくわからなかった。

だって、名前も知らないような子が、いきなり告白してきたりするわけで。みんな俺の顔が好きなのかな、なんて思う。

だけど、そんな俺でもやっぱり、かわいいと思う子はいたし、恋愛はしたいと思っていた。

だから、告白されて何人か付き合ったりもした。

でもなぜだろう。その恋愛が長く続いたことは、一度もなくて。

彼女ができても結局、すぐに別れてしまう。それの繰り返しだった。

最長で三か月なんて言ったらみんなに笑われるけど、俺が飽きっぽいせいなのか、どうしても続かない。

どうしてなのか俺はいつも、恋愛に夢中になることができなかった。

付き合って、最初は楽しくても、相手の重たいくらいの好きに自分がこたえることができなくて。その温度差がツラくなって、ついていけなくなるんだ。

束縛《そくばく》されたり、ちょっとしたことでヤキモチを焼かれて腹を立てられたりすると、疲れてきてしんどくなってしまう。

それで結局自分から別れを告げるか、最終的にはフラれるか。その繰り返し。

気がついたら、付き合った人数だけが増えていき、周りからはこんなふうに言われるようになっていた。

『彼方は彼女をコロコロ変える女好きのチャラ男』

正直自分では、そんなつもりはまったくなかった。

浮気だって一度もしたことないし、毎回真面目に付き合っているつもりだった。

でも、コロコロ彼女が変わっていたのは事実だったので、そんなふうに思われても仕方がなかったのかもしれない。

周りの長く続いてるカップルとかを見て、もしかして俺には恋愛は向いてないのかもしれないとさえ思った。

そんなある日、俺は中学からの親友である黒澤環《くろさわたまき》に衝撃的なことを言われる。

『お前さ、結局本気になれなくて別れるんだったら、相手のこと傷つけるだけなんだから、もうやめたら？　お前はまだ本気で誰かを好きになったことがないんだよ』

環はクールでちょっと不愛想だけど、本当に信用できるいいヤツだ。

俺のことを誰よりもわかっているであろうこいつに言われたこのひとことは、俺の胸にグサッと突き刺さった。

環の言うことは、もっともだったと思う。

結局俺は受け身で、飽きっぽくて、たぶん今まで一度も付き合った相手のことを本気で好きになれたことがなかった。自分から告白したことだって一度もなかったし。

それで結局、最終的には傷つけてしまっていたのかもしれない。

環に言われて初めて気がついた。

もう同じようなことを繰り返すのはやめよう。

そう思った俺は、それ以来告白にＯＫするのをやめた。高一の途中からは、いっさい彼女をつくらなくなった。

それはそれで、毎日が自由で楽しかった。

俺はとにかく人と一緒にいるのが好きだったから、放課後はよく、仲のいい友達とグループでカラオケに行ったりゲーセンに行ったり、誰かの家で集まったりしてワイワイ過ごしていた。

そんなふうに恋愛からは少し離れつつ、にぎやかな毎日を過ごしていて。

そんなある日のことだ。あんなふうに雪菜と出会ったのは。

まさか俺に、本気の恋が見つかる日が来るなんて……。

初めて自分から追いかけたいと思った。

初めて女の子に夢中になった。

俺は彼女に出会って、大げさかもしれないけど、自分の世界が少しずつ変わりはじめたような気がしていた。


「ねぇ、なに読んでんのー？」

休み時間、俺が自分の席で雪菜から借りた本を読んでいたら、目の前にひょっこりと誰かが現れた。

その声ですぐにわかる。

「あぁ、美空《みく》か」

見上げるとそこには、ミルクティー色の髪の毛をきれいにくるくると巻き、バッチリ化粧をした小柄な女の子の姿が。

彼女の名前は鈴森《すずもり》美空。俺の幼なじみで、小学校からの付き合いだ。

偶然にも高校までずっと一緒で家も近いから、なんというか友達というよりも、兄妹に近い感じだ。

今も同じクラスだから、なにかとよく話すし、一緒につるむことが多い。

「これ、『虹《にじ》の丘』っていう本だよ。友達に借りたんだけど、おもしろいんだよ」

「え〜っ、なにその真面目そうな本。っていうか、彼方が読書してるとか、なんかキモい。どうしちゃったの？ 前は漫画しか読まなかったくせに」

「おいっ、キモいってなんだよ！」

俺が笑いながら言い返すと、美空が頬を膨《ふく》らませ、ムッとした顔をする。

「だってー、つまんないじゃん。彼方も一緒にあっちで話そうよ」

「んー、でも今、いいとこだからちょっと待って」

「そんなの家に帰ってから読めばいいじゃん〜」

実は最近雪菜の影響で、俺は本のおもしろさがわかってきたというか、柄にもなく読書をするようになった。

最初はただ、雪菜がどんな本を読んでるのか知りたかっただけだけど、読んでみたら意外とおもしろくてハマってしまって。彼女がすすめる本はみんなすごくいい作品ばかりだったので、読んでいて楽しかった。

だから今は、三日に一冊くらいのペースで、こんなふうに雪菜から借りた本を読んでいる。

それのせいもあって、俺が前よりみんなと遊ばなくなったから、美空はあまりよく思ってないみたいだけど。

するとそこに、向こうで輪になって話していた友達の圭介《けいすけ》と彩香《あやか》、そして環の三人が俺の席までぞろぞろとやって来た。

この三人も美空も、俺がいつも学校で一緒に過ごしているメンバーだ。

圭介は見た目も派手でとにかくテンションの高いヤツ、彩香は美空の親友で、大人っぽい姉御肌《あねごはだ》なタイプ、環は冷静でクールなタイプ。

圭介は読書する俺を見るなり、ギョッとした顔で大声をあげた。

「えーっ！　なになに、彼方が読書とか、ウケるんだけど！　どうしちゃったの、お前！」

「なんだよ、バカにすんなよ。俺が読書してたらダメなのかよ」

「だってさぁ、なんかお前最近変じゃない？　遊び誘ってもあんま来ないしさぁ。急に付き合い悪くなったっつーか」

そう言われて、否定はできないなと思ったけれど、俺は別にないがしろにしているつもりはまったくなかった。

ただ、ほかに夢中になることができたから、前ほど遊びたいとか思わなくなっただけで。

「ほんとほんと！　付き合い悪いよーっ」

美空も圭介に激しく同意する。なんだか責められているみたいだ。

「あー、わりぃわりぃ。でもさぁ、俺もいろいろ忙しいんだって」

「忙しいって、なにがー？」

「いろいろやりたいことがあんだよ」

俺がそう答えると、美空がまたムッとした顔をする。

「もうっ、最近の彼方よくわかんない！　昼休みもすぐにどっか行っちゃうしさぁ」

「だよなー。急に本読み始めたり、真面目になっちゃって、変なの。今日も放課後みんなでカラオケ行くけど、彼方は行かねぇの？」

「あー、うん。ごめん、今日はパス」

「もう、またー？」

「仕方ねぇな〜。俺らで楽しくやろうぜ」

俺が断ったら、美空や圭介たちはやれやれと言った顔をしながら俺の席から去っていった。

そこに環だけがひとり残って、俺の前の席の椅子に腰かけて、ボソッとひとことつぶやく。

「お前ってほんと、わかりやすいよな」

「えっ、そうか?」

「うん。なんか、思い立ったら即行動っつーか、一直線っつーか。なにかに夢中になると、それしか見えなくなるタイプ」

「あぁ、よく言われるかも」

「それ、例の彼女に借りたの?」

環に聞かれて一瞬ドキッとする。

ちなみに環には、雪菜にヒトメボレしたことを話したから、こいつだけは俺の気持ちを知っている。

「うん。そうだよ」

「へぇー。まさか、お前が女に夢中になるなんてな。でも、よかったじゃん」

感心したようにそう言われて、ちょっとだけ照れくさかったけど、俺だってまさか自分が、こんなに夢中になるとは思ってもみなかった。

今まで片思いなんてまともにしたことがなかったし、たぶんこれが初めてだ。

しかも、全然脈アリって感じでもないし。最初はびっくりするくらい相手にされなかったし。まだまだ警戒されてるような気もしなくはないし……。

だけど、それでもよかった。

付き合えるとか、付き合えないとか、そういうことじゃなくて。

ただ、彼女のことを見ていたい。好きでいたいと思う自分がいる。


その日の昼休み、俺は環や美空たちいつものメンバーと一緒に昼飯を食べたあと、雪菜の教室へと向かった。

三組の教室をチラッとのぞくと、雪菜は自分の席に座って本を読んでいた。

「雪菜！」

俺が彼女の席までやってきて声をかけると、彼女はハッとした顔でこちらを振り向く。

一瞬『また来たの？』みたいな顔をされたけれど、構わず俺は空いている彼女の前の席に座った。

「なぁ、今日はなに読んでんの？」

「えっと……『魔女の初恋』っていう本」

「あ、それ知ってる！　この前本屋にいっぱい並んでた」

「うん。出たばかりの新刊だから」

「へぇー。俺も読んでみようかな」

最近俺が雪菜にすすめられて本を読むようになってから、雪菜は前より俺に話してくれるようになった。

本の話をするときの雪菜はすごく楽しそうだし、イキイキしてる。

そんな彼女を見ていると、俺もなんだかうれしくなる。

「おもしろい？」

「うん」

いつものように雪菜の机に頬杖をつきながら、読書をする彼女をじっと見つめる。

近づくと、彼女のサラサラの長い髪からはほんのりとシャンプーのいい香りがして、思わず触りたくなる。

だけど、あまり気安く触れるわけにもいかないから、ただじっと見ていた。

雪菜には、触れるのもちょっと緊張するんだ。

それに、見てるだけでも別に、退屈《たいくつ》じゃない。

こんなふうに、ただそばにいられるのがうれしい、なんて思ってしまう。

すると、ふいに雪菜がパッと顔をあげて、目が合ったと思ったら、次の瞬間なぜか彼女は目を大きく見開いた。

俺の顔をじっと見て、なにやら困ったような顔をしてる。

なんだろう。

「ん？　どうした？」

「ねぇ、一ノ瀬くん……。さっき、お昼にケチャップついたもの食べなかった？」

「えっ」

ケチャップ？

言われて思い返す。

「あぁ、うん。食べたよ。学食でオムライス食べた」

「やっぱり」

「なんでわかったの？」

俺がたずねると、気まずそうな顔でつぶやく彼女。

「……だって、口にケチャップついてる」

「えぇっ!!」

思いがけないことを言われてギョッとして、一気に顔が熱くなった。

マジかよ。ケチャップついてるとか、超ダセーんだけど。

しかも、雪菜の前で……。

「ウソッ。どこ？」

「ここ」

雪菜は自分の口元を指さしながら教えてくれる。

「マジで。やっべー、恥ずかし……」

言われて俺は、慌てて口元に指を当て、ゴシゴシとぬぐうようにこすった。

「とれた？」

「ううん、まだついてる」

「えーっ」

だけど、ちゃんと取れていなかったらしい。

さすがに鏡は持ち歩いていなかったので、確認しようとポケットからスマホを取り出す。

カメラを起動して、自撮りのモードに切り替えて見てみたら、雪菜の言うとおり、たしかに俺の口元にはケチャップらしき赤いものがついていた。

「うわっ、ほんとだ！　カッコ悪っ」

ますます恥ずかしくなって、再び必死で口元をぬぐう。

すると次の瞬間、急に噴きだすような笑い声が聞こえてきて。

「ふふっ」

ドキッとして顔をあげたら、なんと、雪菜が俺を見てクスクスと笑っていた。

えっ……。

驚きのあまり、思わず目を大きく見開いて、その場に固まる俺。

……ウソだろ。マジかよ。

雪菜が、笑った。

初めて俺の前で笑ってくれた。

正直言ってそれは、ケチャップなんかどうでもよくなるくらいの衝撃《しょうげき》だった。

心臓が急にドクドクと騒がしくなる。

雪菜って、笑ったらこんな顔するんだ。

どうしよう。すっげぇかわいいんだけど……。

俺がひとりで動揺しまくっていたら、雪菜は困ったように眉をさげて笑いながら、優しい声で言う。

「一ノ瀬くんって、なんか、子供みたい」

「えっ……」

そんな顔でそんなふうに言われたら俺はもう、ドキドキしてどうにかなりそうで。

褒められているわけでもないのに、なぜだかものすごくうれしかった。

だって、今まで雪菜が、俺にこんな表情を見せたことなんてなかったから。

この不意打ちは反則だろって思う。

急に力が抜けたかのように、その場で机に突っ伏す俺。

たぶん、俺の顔は今、ケチャップ並みに真っ赤なんじゃないかと思う。

「えっ、な、なに。どうしたの？」

雪菜が少し驚いた様子で聞いてくる。

「だって今、雪菜が笑ってくれたから……」

正直に答えたら、雪菜はまた戸惑ったような声をあげた。

「えぇっ？」

不思議だよな。こんな些細《ささい》なことがうれしくてたまらないなんて。

思ってた以上に、俺は重症なのかもしれない。

「俺、ケチャップついててよかった」

思わずボソッとそんなことを口にする。

「な、なに言ってるのっ……」

そしたら雪菜はますます戸惑っていたけれど、俺はもうこの気持ちがバレバレでも別にいいと思った。

もしかしたら今の笑顔は、雪菜が前よりも俺に心を開いてくれるようになったって証拠なんじゃないかって。
そう思ったら、すごくうれしくて。
少しだけ期待してしまった。
このままもっと、距離が近づくんじゃないかって。
いつか、彼女の特別になれるんじゃないかって。

「キャーッ！　彼方くん！」

「カッコいいっ！」

体育の授業中、男子たちのサッカーの試合が始まると、グラウンドが一気に熱気で包まれる。

コートの周りには、自分たちの試合の休憩《きゅうけい》中に男子を応援する女子たちが大勢いて、次々と黄色い声援《せいえん》が飛び交っていた。

私たち三組は体育のとき、毎回一ノ瀬くんのいる一組と合同だから、いつも女子たちの盛りあがりがすごい。

今行われている試合もちょうど一ノ瀬くんが出てるから、見学する女子のほとんどがアイドルを見るような目で、彼のことを応援していた。

隣でその試合を見ていた璃子も、目がハートになってる。

「ねぇ、見た？　今の彼方くんのシュート！　超カッコよかったね～！」

「う、うん」

でもたしかに、こうしてサッカーをする一ノ瀬くんの姿はとてもカッコよく見えるし、いつにも増してキラキラしてる。

本人が前に手紙で『趣味はサッカー』って書いてたくらいだから、元サッカー部なのかな？

素人目《しろうと》に見ても上手なのがわかるし、きっと運動神経がいいんだろうなと思う。

「イケメンでスポーツもできるとか、ほんと最高だわ〜。素敵だわ〜」

「……はは」

「でも雪菜ったら、なんだかんだ言ってたわりに、最近彼方くんと仲いいよね？」

「えっ！」

唐突《とうとつ》にそんなことを言われ、ドキッとする。

「そ、そうかな？」

「いつの間にか本を貸してあげるような仲になってるし。この前もなんか、ふたりで小説の話で盛りあがってたじゃん」

「……っ」

さすが璃子、人のことをよく見てるなぁ。

正直、仲がいいっていうほどでもないような気がするけれど、以前に比べて彼と親しくなったことはたしかだ。

一ノ瀬くんは最近読書に目覚めたのか、急に小説をたくさん読むようになって。それで私の本を貸してあげたり、感想を言いあったりしていたら、いつの間にかよく話すようになった。

私も彼のことを前ほど苦手だとは思わなくなったし、警戒する気持ちはだいぶなくなった。

まぁもちろん、チャラ男のイメージはぬぐえていないけれど。

「もしかして、雪菜も彼方くんのこと気になり始めちゃった？」

「まさか！　別に気になってないよっ！」

璃子に思いがけないことを聞かれて、慌てて否定する。

「え～、そんなこと言ってさぁ、実は雪菜もまんざらでもないんじゃないの？　あんなイケメンに言い寄られたら、ちょっとは心揺らいじゃうでしょ～」

「そ、そんなことないって！　それに、別に言い寄られてるわけじゃないからっ」

「そう？　私は求愛されてるようにしか見えないんだけど」

「……っ」

璃子はどうしても、一ノ瀬くんが私を好きだって言いたいみたい。

だけど私は絶対、彼が私なんかに本気になるとは思えない。

だって、あのチャラくてモテモテで女の子に困ってなさそうな彼が、よりによって私みたいな地味なタイプを好きになるなんて。そんなのどう考えてもありえないよ。

たくさんいるお気に入りの女子のうちのひとり、みたいな感じなんじゃないのかな。

「き、きっと、いろんな子に声かけてるんだよ」

「そうかな～？」

話しながら、視線を再びコートに戻す。

するとそこでピーッと笛の音が鳴って、ちょうどサッカーの試合が終了したところみたいだった。

結果は四対二で、一ノ瀬くんたち一組チームの勝ち。

大活躍《だいかつやく》した一ノ瀬くんは、クラスメイトたちとハイタッチしながら喜んでいる。

その盛りあがる様子を離れた場所からボーっと見ていたら、ふと彼がこちらを向いたことに気がついて。なんか見られてる？なんて思ったら、次の瞬間、彼はニコッとうれしそうに笑うと、手を振ってきた。

えっ……。

キラキラの笑顔がまぶしくて、不覚にも一瞬ドキッとしてしまう。

ただでさえ顔が整ってるから、笑った顔は本当にアイドルみたいだ。

だけど、今のが絶対私に向かって手を振ったんだとは言いきれないし、周りの目もあるから、さすがに自分も手を振り返すことはできなかった。

もしかして、違う人に振ったのかもしれないし……。

そしたらそんな私に向かって、璃子が急に大声を張りあげる。

「ちょっ！　なに今の～！　やばいんだけどっ‼」

「えっ、なに？」

「彼方くん、今、雪菜に向かって手振ってたよね⁉」

「えぇっ？」

そうなのかな……。今のはやっぱり、私に向かって振ってたの？

「やだもう～、ああいうの超うらやましい！　なんで雪菜、振り返してあげないの？」

「だ、だって……。それに今のは私じゃなくて、ほかの子に振ったのかもしれないよ」

「そんなわけないじゃん！　今のは雪菜以外ありえないでしょ！　ほら、やっぱり雪菜のことが好きなんだよ～」

璃子にバンバンと肩をたたかれて、なんとも言えない困惑した気持ちになる。

たしかに一ノ瀬くんの態度はあからさまだから、璃子からしたらそう見えるのかもしれない。

私だってときどき、本気なのかなって思ってしまうこともある。

でも、私はやっぱり理解できないんだ。彼が私にここまで構う理由が。

あの勘違い事件がきっかけだったとしても、それでそこまで私のことを気に入るかな？

もっとほかにかわいくて魅力的な子なんて、いくらでもいるのに。

一ノ瀬くんはいったい、私のどこに興味を持ったんだろう。こんな平凡でつまらない私のどこがいいんだろう。

やっぱり全然わからないよ。


――ジャーッ。

水道の蛇口《じゃぐち》をひねり、水を出す。

体育の授業が終わって用具の片づけを手伝ったあと、私は汚れた手を洗うためにひとりグラウンドの裏にある水道まで来ていた。

砂のついた手をきれいに洗って、蛇口の水を止める。外が蒸し暑いので、なんだかすっきりした気持ちになる。

手を拭こうとポケットから、ハンカチを取り出すと、たまたま今日持ってきたそれは以前一ノ瀬くんからプレゼントされたハンカチで、見たらなんとなく照れくさいような変な気持ちになった。

私ったら、結局これ使ってるんだよね。

こういうのって本人が見たら、気があるとかそんなふうに勘違いされちゃうのかな。

でも、使わないのももったいないしなぁ……。

なんて、そんなことをつらつらと考えながら、昇降口に向かって歩いていく。

するとそのとき、うしろから体操服を着た女の子の集団がワイワイおしゃべりしながら歩いてきて、そのうちのひとりと肩がドンッとぶつかってしまった。

「あ、ごめんなさーい」

棒読みっぽく謝られて、自分もとっさに謝る。

「ごめんなさいっ……」

よく見るとその集団は、ちょうど今一緒に体育の授業を受けていた一組の女の子たちだった。

みんな派手な子ばかりで、髪型もメイクもバッチリ決まっている。

キラキラしてて、いかにもクラスの中心にいそうな、自分とは真逆のタイプだ。

すると、通り過ぎた瞬間に、そのぶつかってきた子がチッと舌打ちをするのが聞こえてきた。

ぞくっとしたのもつかの間、彼女たちはさらに、こちらに聞こえるような声で話し始める。

「あの子でしょ、彼方くんのお気に入り」

えっ……。

「そうそう、あの子だよ。噂の市ノ瀬さん」

思わず心臓がドクンと飛び跳ねる。

「ウソー！ あんな地味で真面目そうな子？ よりによってなんであんな子が？」

「意味わかんないよねー。どこがいいんだろ。いつも席に座って本ばっかり読んでるらしいよ」

「うっわー、マジで？ なにそれ、暗いんだけどー。超つまんなそうな女じゃん」

彼女たちは次々と、聞こえるように悪口を言ってくる。

突然の心無い言葉の数々に、胸が痛くなって、ブルブルと手足が震えてきた。

それにしてもびっくり、というか、ショックだ。

私、こんなふうに噂されてたなんて……。

さらに彼女たちは続ける。

「彼方くん、最近急に読書とか始めちゃってなんか変だと思ったら、もしかしてあの女に洗脳された？」

「ウソ、やめてよ～」

「おとなしそうな顔して、実は男好きなんじゃないの？」

な、なにそれ……。

「やだ～。でもまぁ、からかって遊んでるだけでしょ。彼方くんがあんな子に本気になるわけないし」

「うん、ありえない。どうせ次の彼女できるまでのヒマつぶしだよ」

「だよねー！　あははっ」

彼女たちはひととおり悪口を言ってバカにしたように笑うと、そのまま昇降口の中へと入っていく。

私はそのすぐあとをついていくことができず、しばらくその場で固まったように突っ立っていた。

なんだろう……。私、なにか悪いことでもしたかな？

一ノ瀬くんと少し親しくなっただけで、どうしてそこまで言われなくちゃいけないんだろう。

胸の奥がモヤモヤして、苦しい。

たしかに一ノ瀬くんはみんなのアイドルみたいな存在だし、そんな彼とたびたび絡んでいたら、よく思わない人もいるだろうなってことはわかってたけど。

いざ悪口を言われているのを耳にしてしまうと、やっぱり傷つく。

別に自分が一ノ瀬くんに似合わないとか、釣り合わないと思われるのは構わない。

もちろん私だって、彼とどうにかなりたいなんてことは、最初から思っていないし。

だけど彼女たちの言葉で、私は自分のコンプレックスを刺激《しげき》されたというか、自分自身を否定されたような気がして、なんだかとても悲しくなった。


放課後、いつものように教室で璃子と別れたあとは、まっすぐ図書室へと向かった。

今日は図書委員の当番の日。

体育の授業のあと一組の女子に悪口を言われてから、ずっと気分が落ちこんでいた私は、早くひとりになりたくて。この放課後の時間が来るのをずっと待ちわびていた。

早足で廊下を急ぐ。

「あれ？　雪菜じゃん」

するとそんなとき、偶然にも前方から歩いてきたお兄ちゃんとバッタリ遭遇《そうぐう》してしまった。

しかも、隣にはなんと、あの陸斗先輩もいる。

うわぁ、どうしよう……。

「なにやってんの？　下駄箱あっちだろ？　帰んないの？」

「え、だって今日は図書委員の当番だから」

「あー、そっかそっか。お疲れ。がんばれよー」

お兄ちゃんはヘラヘラ笑いながらそう言うと、私の頭に手を置き、髪をわしゃわしゃとかき乱してくる。

「……きゃあっ、ちょっと！」

そしたらそこで、どこからかスマホの着信音が聞こえてきて。

それに気づいたお兄ちゃんはサッと制服のポケットからスマホを取り出すと、画面をタップし耳に当てた。

「はーい。あぁ、リカ？　今ね、陸斗といる。うん、まだ学校だよ。……えっ、マジ？　わかった。今すぐ行く」

その様子から見て、どうやら女の子から電話がかかってきたみたいだ。

お兄ちゃんはすぐに電話を切ると、急に私と陸斗先輩からサッと離れる。

「それじゃ俺、デートの約束入っちゃったから、先帰るわ！」

「えっ……」

なんと、さっそく電話相手の女の子に会いに行くみたい。相変わらずのチャラ男っぷりに唖然としてしまう。

そのまま彼はひらひらと手を振ったかと思うと、機嫌よさそうに去っていった。

まったく……。なんだかもう、あきれて言葉も出ないよ。

お兄ちゃんたら、殴られても結局なにも反省してないんだな。

まぁもう、お兄ちゃんの女好きは一生治らないような気もするけど。

すると、隣でその様子を見ていた陸斗先輩が、ボソッとひとことつぶやいた。

「遥のヤツ、相変わらずだな」

私と同じことを思ってたみたいで、思わずうんうんと深くうなずいてしまう。

それにしても、こんなふうに陸斗先輩とふたりで取り残されちゃうなんて。

どうしよう……。ちょっと気まずい。

ここ最近ふたりで話すことなんてなかったからな。

とりあえず当番もあるし、図書室に急ごう。

そう思って陸斗先輩に声をかけようと思ったとき、彼が急に私の肩にポンと手を置いてきた。

「ふっ。なんか久しぶりだな、雪菜」

その言葉に思わず心臓がドクンと音を立てる。

彼のほうからこんなふうに笑顔で話しかけてくるとは思わなかったので、すごく動揺してしまった。

「え……あ、うん」

正直、なんて答えたらいいのかわからない。

今さらなにを話せばいいんだろう。

「図書委員やってるんだ？」

目を合わせようとしない私に、陸斗先輩は構わず話しかけてくる。

「う、うん」

「雪菜にぴったりじゃん。読書好きだもんな。最近話してなかったけど、どう？　元気にしてた？」

どうしてそんなことを聞くのかなって思う。

陸斗先輩はもう、なにも気にしていないんだ。気まずいと思ってるのは私だけなのかな。

「……うん」

「そっか、よかった。雪菜、また大人っぽくなったよな」

彼はそう言うと、片手で私の長い髪をそっとすくいあげてくる。

おだやかなそのまなざしは、あの頃と変わらない。私が彼を好きだった頃と。

そうやって変わらない態度で接してくる彼を見ると、胸が苦しくてたまらなかった。

気安く触らないでって思う。彼女がいるのに……。

私のことなんてなんとも思っていないんだったら、優しくしないでよ。

「そ、そんなこと、ないよ……」

うつむきながら答える私。

ダメだ。やっぱり普通になんて話せない。

そしたらそこに、誰かが駆け寄って来て、声をかけてきた。

「陸斗ー、なにやってんの？」

顔をあげると、その人は陸斗先輩の彼女で。

何度か見かけたことはあるけれど、近くで見たらますます美人だったので、ドキッとした。

「あぁ、梓《あずさ》。ごめん、待ってた？」

「うん。でも大丈夫」

「俺も今、梓のところに行こうと思ってたとこ」

にこやかに会話を交わすふたりは、なんだかとても仲がよさそうで、いい雰囲気だ。

梓さんという名前らしい彼女は、私にちらっと目をやると、陸斗先輩にたずねる。

「あれ、この子って、遥の妹？」

「うん。そうそう」

「へぇー、かわいい子だね～。どことなく遥に似てる」

どうやら彼女もお兄ちゃんの知り合いだから、私のことがすぐわかったみたい。

さらに、梓さんは私に向かって笑顔で自己紹介をしてくれた。

「どうも、はじめまして。私、陸斗の彼女の梓って言います」

「あっ、どうも……」

「遥の妹ちゃんだよね？　私、遥とも友達なの。よろしくね」

「あ、はい。よろしくお願いします」

別に彼女に対して今さらヤキモチを焼くとか、そういうのはないけれど、なんだかすごくモヤモヤして、気まずい。

「それじゃ、そろそろ帰ろうか。またな、雪菜」

陸斗先輩が梓さんの手をサッと取って、私に声をかける。

梓さんもニコニコしながら私に手を振ってくれて。

「またね～」

なんとか自分も笑顔で手を振り返したものの、やっぱり胸が苦しくてたまらなかった。

なんなんだろう、私。どうしていまだに陸斗先輩を見ると、こんな気持ちになっちゃうんだろう。

もう彼に未練はないし、むしろ今は嫌いなくらいなのに。

あのツラい失恋を思い出すからなのかな。

なんか今日は、イヤなことばっかりだな……。

ただでさえ落ちこんでいた気持ちが、ますます深いところへと落ちていく。

暗い気持ちを引きずったまま、私は図書室へと向かった。

「……はぁ」

図書室のカウンターにひとり座りながら、ため息をつく。

今日はいつにも増して図書室の利用者が少なくて、何人か本を借りにくる人がいたものの、今現在は私以外誰もいない状態だ。

まるで、世界にポツンと私ひとりだけ取り残されているみたいだった。

静かすぎる空間にひとりでいると、また余計なことばかり考える。

今日あったイヤな出来事をまた思い出したりして、ネガティブ思考が止まらなかった。

つられて過去のイヤな記憶がよみがえってくる。

さっき陸斗先輩と久しぶりに話したせいかな。

『雪菜のことは、大事な妹みたいに思ってるよ』

今でも覚えてる。あのときの彼の言葉。

『かわいいけど、なんていうか、ちょっと真面目すぎるんだよね。読書が趣味みたいな子だしさぁ』

『やっぱり付き合うのはないなって。俺はもっと甘えてくれるタイプが好きだからさ』

バカみたいに信じて裏切られた、あのときの感覚。

私はあの失恋以来、もとから自分に自信がなかったのが、さらに自信をなくしてしまって、コンプレックスの塊《かたまり》みたいになってしまった。

地味で真面目、人見知りで甘えベタな、つまらない自分。

感情をうまく表に出せないし、周りの女の子たちのように愛想よくニコニコふるまうことができない。

今日彼方くんのファンの子たちにも悪口を言われたけど、私だからあんなふうに思われてしまうのかな、なんて思ってしまう。

自分のことを好きになれない。自信が持てない。

過去のツラい経験をいつまでも引きずってばかりで。

苦しい。どうしたらいいのかな……。

思わずカウンターに突っ伏すように頭をさげる。

するとそのとき……。

「よっ」

聞き覚えのある声とともに、誰かの手がポンと頭に乗る感触がして。

「えっ？」

ドキッとして顔をあげたらなんと、目の前にはいつものようにキラキラの笑顔を浮かべる一ノ瀬くんの姿があった。

ウソ、今日も来たんだ。いつの間に現れたんだろう。

正直、今はあまり会いたくなかったのに……。

「お仕事お疲れ様。図書委員さん」

爽やかにそう告げる一ノ瀬くん。

相変わらずな彼にはちょっとあきれてしまうけれど、なんだろう、やっぱりどこか憎めない。

「ま、また来たの？」

私が戸惑いながら問いかけたら、一ノ瀬くんはすぐにうなずいた。

「うん。雪菜に会いたかったから」

そしてどこからか椅子を持ってきて、私と向かい合うようにカウンターの前に座る。

そんな彼を見て、つくづく不思議だなと思う。

どうして彼は、私なんかにこうして構うんだろう。

最近毎週のようにここに来てるけど、ただヒマをつぶしにきてるだけなのかな。

友達と帰ったり、遊んだりしないのかな。

次々と疑問がわいてくる。

同時に、今日彼のファンの子たちに言われた言葉をまた思い出した。

『からかって遊んでるだけだよ』

『どうせ次の彼女できるまでのヒマつぶしだよ』

正直、自分でもよくわからない。

一ノ瀬くんはいったいどういうつもりなんだろう。

私のこと、からかってもてあそんでるだけ？

あの子たちが言うように……。

私が黙ったままそんなふうにあれこれ思いを巡らせていると、ふいに一ノ瀬くんが顔をのぞきこんでくる。

「どうした？　なんか今日の雪菜、元気ないね」

そう聞かれて、暗い気持ちが顔に出てしまっていたんだと思い、ハッとした。

踏みこまれるのは苦手なので、慌てて否定する。

「そ、そんなこと、ないよ……」

「ほんとに？　もしなんか悩みとかあったら俺、聞くよ」

「別に、そんなのないからっ。大丈夫っ」

目をそらしながら、強がるような口調で答える。

そしたら一ノ瀬くんは、そんな私のことを黙ったままじーっと見つめてきたかと思うと、次の瞬間フッと優しい顔で微笑んだ。

「そっか。じゃあ俺、今日は黙って雪菜のそばにいるね」

……えっ？

そう言って、カウンターに乗せた私の左手に、自分の右手をそっと重ねてくる彼。

「な、なにそれ……」

「だって雪菜、なんかさびしそうな顔してる。ほっとけない」

「……っ」

ほっとけないって、そんな。なに言ってるの。

「なんで元気ないのかは知らないけどさ、俺はいつでも雪菜の味方だから。俺でよかったら、頼ってよ。なっ？」

そんなふうに言われて、不覚にも胸がじーんとしてしまった私は、なんて単純なんだろう。

バカだな。ちょっと優しくされたくらいで。

でも、弱っているときにこういうことを言われると、なんだか泣きそうになる。

それと同時に、ますます疑問がわいてくる。

一ノ瀬くんはいったい、なにを考えているの？

この優しい言葉も全部、彼の本心なのかな。

もしもこれが偽《いつわ》りの優しさなら、私はいらないのに……。

そう思ったらつい、聞いてしまった。

「なん、で……」

顔をあげ、そっと彼の手から自分の手を離す。

「どうして一ノ瀬くんは、私に構うの？」

「え？」

やっぱりわからないよ。

どうして私なんかに……。

すると、彼は真顔で答える。

「どうしてって……。そりゃ、雪菜のことが好きだからだろ」

「なっ！」

なにそれ。私のことが好き……？

本気で言ってるの？

私はそんなことをサラッと言えてしまう彼が、理解できなくて。

やっぱり信用できないと思ってしまった。

「なに……言ってるの？　からかわないでよっ」

「からかってなんかない」

「ウソッ。だって、いきなりそんなこと言われても、信じられるわけないでしょ。そういうナンパみたいなの、やめて……」

「だから、ナンパじゃねぇよ」

一ノ瀬くんが、再び私の左手に手を重ね、ギュッと握ってくる。

その瞬間ドキッと跳ねる心臓。

「でもっ……」

「じゃあ、はっきり言う」

一ノ瀬くんはそう言うと、手を握りながら、私をまっすぐ見つめる。

いつになく真剣な表情の彼を見ていたら、なんだかドキドキしてくる。

「……」

だけど彼は、そのままなぜか黙りこんでしまい、すぐにはなにも口にしない。

……あれ？　どうしたんだろう。なにか言おうとしたんじゃなかったの？

急に目を泳がせたりして、その様子はなんだか緊張しているかのようで。

みるみるうちに顔が赤くなっていく。

だけど、次の瞬間決意したように、再び私と目を合わせたかと思うと、彼ははっきりとこう言った。

「好きです。俺と付き合ってください」

その言葉に、再び心臓がドクンと大きな音を立てて飛び跳ねる。

「えっ……」

信じられなかった。

まさか彼が、こんなふうに真面目に告白してくるなんて。

「ウ、ウソ……。本気で言ってるの？」

おそるおそるたずねたら、はっきりとうなずく一ノ瀬くん。

「うん、本気だよ。ヒトメボレしたんだ。あの日、俺のこと助けてくれたとき、すげぇうれしかった。あのときから俺、雪菜のことばっかり考えてる」

ウソ……。

「好きなんだ。付き合ってほしい」

一ノ瀬くんは、まっすぐ私の目を見つめながら話す。

その瞳はとても真剣で、とてもウソを言っているようには見えなかった。

だけど私は、突然のことにどうしていいかわからなくて、うろたえるばかりで。

もちろん、彼の気持ちがまったくうれしくないわけではなかったけれど、いきなり付き合おうなんて言われても、無理に決まってる。

「ま、待ってよっ。付き合うなんて、そんな急に言われても……。第一私まだ、一ノ瀬くんのこと、よく知らないし、それに……」

「じゃあ、友達からでもいいから」

私が断ろうとすると、そんな提案をしてくる彼。

だけど、やっぱり簡単にOKなんてできない。

だって。

「と、友達からって……そんなの無理だよ。それに、一ノ瀬くんは私なんか好きにならなくても、かわいい子がたくさん周りにいるでしょ。一ノ瀬くんのこと好きな子はほかにたくさん……」

そう。わざわざ私なんかに告白しなくても、ほかにいくらでもかわいい子がいるはずなのに。女の子に困ってないはずなのに。

だけど、そんな私の話を途中でさえぎるように、一ノ瀬くんは言った。

「でも、雪菜はひとりしかいない。俺には雪菜しか見えてない」

「えっ……」

「雪菜に好きになってもらえないと、意味ないから」

「ウ、ウソ……。そんなの……」

本気なのかな？

そういうの、誰にでも言ってるんじゃなくて？

「本当だよ。どうしたら俺のこと好きになってくれる？」

そう問いかけられて、言葉に詰まる私。

一ノ瀬くんの表情は、真剣そのものだ。本気でそう言ってくれているようにも見える。

だけど、それを信用できるかって言ったら……できない。

男の子の言うことなんて……。

一瞬、陸斗先輩の顔が頭に浮かぶ。

陸斗先輩だってそう。誠実だと思っていた彼は、結局私をもてあそんでいただけだった。

一ノ瀬くんも悪い人じゃないってことはわかってるけど、異性として好きなわけではないし。

それにやっぱりチャラそうだし、たくさん遊んでそうだし。

彼と付き合うなんて、私にはやっぱり……。

緊張した面持《おもも》ちでこちらを見つめる彼に向かって、重たい口を開く。

「……ご、ごめんなさい」

そう告げた途端、一ノ瀬くんの表情がピシッと固まったのがわかった。

「えっ……」

「とにかく私は、誰とも付き合うつもりなんてないから」

そう。もう恋愛するのはこりごりなんだ。

だって、信じても、裏切られるだけだから。

夢を見たぶんだけ傷つくって、わかってるから。

「男の子は、苦手なの。みんな信用できないの……」

私の言葉を聞いた一ノ瀬くんは、再び問いかけてきた。

「じゃあ、俺のことも信用できない？」

「……うん。あんまり……」

「なんで？　たとえば、どういうところが？」

そんなふうに聞いてくる彼は、やっぱりあきらめが悪いみたい。

なんて答えていいかわからなくて、返答に困る。

でも私はとにかく、なにを言われても断るつもりだった。

「だって、一ノ瀬くんってなんか、チャラチャラしてるっていうか……」

おそるおそるそう告げると、ギョッとした顔になる一ノ瀬くん。

「えっ！　チャラチャラって、それは見た目が？」

「う、うん。見た目もそうだけど、女慣れしてそうっていうか、たくさん遊んでそうっていうか。前にそういう噂、聞いたことがあるし……」

なんて、言うつもりがなかったことまでどんどん口から出てくる。

今のはちょっと余計だったかな。

そしたら彼は、焦ったように私の手をぎゅっと握ると。

「……なっ！　いや、待て。雪菜、それは誤解だから……」

そんな彼の話をさえぎるように、私はガタンと席から立ちあがった。

「とにかく、そういうことだからっ！　ごめんなさいっ！」

ぺこりと頭をさげてもう一度断る。

申し訳ないけど、はっきり言わなくちゃ。

そしたらその瞬間、一ノ瀬くんは私から手をパッと離して。一瞬ものすごく悲しそうな顔をしたかと思うと、静かにうなずいた。

「……そっか、わかった」

そんな彼を見たら、なぜかズキンと胸に鈍い痛みが走る。

言っちゃった、私。

一ノ瀬くんのことをはっきりフッてしまった。

でも、こうするしかないよね？

付き合うなんてやっぱりできないんだし。

そのまま彼はゆっくり椅子から立ちあがると、私に背を向ける。

「ごめんな、邪魔して」

そして、ひとことそう告げると、とぼとぼ歩きながら図書室を出て行った。

そのさびしそうな背中を見送りながら、なんとも言えない罪悪感にとらわれる。

あぁ、どうしよう。

私ったら、今のはちょっと言い方がまずかったかな？

でも、じゃあ、ほかになんて言えばよかったの……？

彼のことをひどく傷つけてしまったような気がして、胸が痛む。

告白を断ったのは、仕方がない。

それは、相手が一ノ瀬くん以外でも、返事は一緒だった。

だけど私は自分でも、どうしてここまで苦しい気持ちになるのかが、わからなくて。

一ノ瀬くんの悲しそうな顔が、しばらく頭から離れなかった。


「……はぁ」

朝からため息ばかりついている。

文庫本を開いていても、ただ文字を眺めているだけで、内容がまったく頭に入ってこない。

昨日の放課後、図書室で一ノ瀬くんに告白されて、私ははっきりと彼に断った。

それ自体は後悔していないつもり。

だけど、なぜだかそれ以降、ずっとモヤモヤしているんだ。

あのときの一ノ瀬くんの悲しそうな顔が、忘れられなくて。

あれを見たら、やっぱり彼は本気だったのかも、なんて思ってしまった。

真剣に告白してくれたのかもしれない。

それなのに私は、チャラチャラしてるだとか、遊んでそうだとか、余計なことを言ってしまって、彼のことを傷つけてしまったに違いない。

そう思うと、ひどく胸が痛い。

もっと、ほかの断り方はなかったのかな。

でも、チャラチャラしてるって思ってたのは本当だし、実際にそういう噂だって聞いたことがあるし……。

って、私ったらなにいつまでもクヨクヨと考えてるの。

「おはよう」

そのとき、突然目の前に誰かが現れて、声をかけられた。

聞き覚えのある声にドキッとして、顔をあげる。

すると、そこに立っていたのはなんと……。

「えっ？」

昨日私がフッたはずの彼だった。

「い、一ノ瀬、くん……？」

ウソ。まさか、昨日の今日でこうやってまた話しかけてくるなんて。

てっきりもう来ることはないと思ってたのに。

だけど、私がそれ以上に驚いたのは、彼の容姿だった。

あれ……？　一ノ瀬くん、いつもとなんか雰囲気が違う？

よく見ると、髪が少し短くなって、髪色も少し暗くなっているような気がするし、耳からピアスが消えてるような気がするし、制服の着こなしとかも、いつもよりきちんとしてて……。

いったいどうしちゃったんだろう。別人みたいなんだけど。

私が驚きのあまり言葉を失っていると、一ノ瀬くんはニッと白い歯を見せ笑ってみせる。

「どう？　ちょっとはチャラくなくなった？」

その言葉を聞いて、私は昨日の自分の発言を再び思い出して、ハッとした。

『一ノ瀬くんってなんか、チャラチャラしてる』

もしかして、私があんなこと言ったから？

それでわざわざ、髪を切って、色まで染め直してきたの？

信じられない……。

「雪菜に言われたから、イメチェンしてみた」

案の定そう言われて、なんとも言えない複雑な気持ちになる。

「ウ、ウソ。なんで……」

「だって、少しでも雪菜に信用してもらいたいし」

「だからって、別にそこまでしなくても……」

私が戸惑っていると、一ノ瀬くんがいつものように私の前の席の椅子を引いて、腰かける。

そして、片手で自分の髪をつまみあげながら、はにかむように笑った。

「でも、意外とこの髪型似合うってみんなに言われたぜ?」

そんなふうに言う彼は、意外にも元気そう。

たしかに、髪型はすごく似合ってると思う。

もしかしたら前よりも、爽やかでカッコよく見えるかもしれない。

でも、普通わざわざそこまでするかな? しないよね?

仮にも私、彼のことフッたのに……。

さらに一ノ瀬くんは、急に私の顔をじっと見つめてきたかと思うと、真面目な顔で話し始める。

「あと、誤解されてるみたいだから言っとくけど、俺、雪菜が思ってるような女たらしじゃないからな」

「えっ」

誤解？

「ナンパとかもしたことないし、浮気したり、二股かけたりしたこともないよ。ただその、いつも、彼女ができてもなかなか続かなかったってだけで……」

「そう、なの？」

「……うん。恥ずかしながら」

それを聞いて、ちょっとだけイメージが変わる。

じゃあ、彼女がコロコロ変わるって聞いてたけど、別に女好きでとっかえひっかえしてたっていうわけでもないのかな？

「って、なんだよ。その意外そうな顔」

私が驚いたような顔をしていたせいか、一ノ瀬くんがすかさず突っこんでくる。

「いや、だって……」

正直もっと遊んでるのかと思ってた。うちのお兄ちゃんみたいに。

まぁ、実際はどこまで本当なのかはわからないけれど……。

すると彼は、ふいに片手で私の手首をそっと掴むと、顔をじっと近づけてきた。

至近距離《しきんきょり》で見つめられて、心臓がドキッと跳ねる。

「でも俺、本気だから。雪菜のことは」

そう告げる彼の瞳はとても真剣で、目をそらせなくなる。

なにそれ。本気って、それじゃあまだ……。

「今はまだ、信じられないかもしんないけどさ、俺の気持ちが真剣だってわかってもらえるようにがんばるから」

「なっ……」

「あきらめないから」

はっきりと言い切る一ノ瀬くん。

私はそんな彼の言葉にひどく戸惑いつつも、なぜだかわけもなくドキドキしてしまった。

ねぇ、どうして……。

どうして一ノ瀬くんは、私のためにそこまでするのかな。

どうして私にこだわるんだろう。

本当に調子が狂うよ。

でも、昨日のあの告白からずっと、彼のことを傷つけてしまったんじゃないかって心配だった私は、元気そうな彼の姿を見て、心のどこかでホッとしていた。

大事なもの

朝、学校に来ていつものように自分の席で本を読んでいたら、璃子が元気よく声をかけてきた。

「おっはよー、雪菜！」

「あ、おはよう」

「あれ？　雪菜、今日髪型がいつもと違う！」

そう言われて、さっそく気づいてくれたんだなと思い、ちょっとうれしくなる。

実は私、今日は髪型をハーフアップにしてみたんだ。いつもはただ下ろしているだけだから。

「うん。ちょっと気分変えてみようかと思って」

「いいじゃん！　かわいいよー、すっごく！」

璃子に褒められて、照れ笑いする。

「そうかな？　ありがとう」

「うんっ。これは彼方くんも喜ぶよねー、きっと」

だけどそこで急に一ノ瀬くんの名前が飛びだしてきて、思わず心臓が跳ねた。

「……なっ！　なにそれっ」

「だってそうじゃん？　好きな子がいつもと違う髪型してたらさー、ドキッとするじゃん」

「そうなの？」

「そうだよー。あ、もしかして、彼方くんが雪菜のためにイメチェンしたから、雪菜もイメチェン？　なーんて」

「まさかっ！」

ちなみに璃子にだけは、一ノ瀬くんとのいきさつを軽く話した。

彼に突然告白されたことや、断ったこと、それでもあきらめない宣言をされたこと、彼がわざわざ髪を切ったりしてイメチェンしたことまで。

それを聞いた璃子は大興奮で、今まで以上に冷やかしてくるようになったから、ちょっと参ってるんだけどね。

「はぁ〜、いいなぁ。学年のアイドルから毎日のように求愛されるなんて、夢みたいだわ〜。私もされてみたーい」

「いや、求愛って、そんな……」

「すごいよねぇ、フラれてもあきらめないなんて。彼方くんってああ見えて、一途なんだね！」

感心したように言う璃子。

「う、う～ん。そうなのかな……」

たしかに私も、一ノ瀬くんがあそこまで熱心にきてくれるとは思ってもみなかったけど。

一ノ瀬くんはその後も、私がフッたことなんてまるで気にしてないみたいに普通に話しかけてくるし。

おかげであまり気まずくはないから、それは助かる。

でも、やっぱりいまだに半信半疑《はんしんはんぎ》というか、理解できないというか。

どうして彼のような人が私なんかに好意を寄せてくれるのかが、わからないんだ。

私のどこがいいんだろう。

「あっ、噂をすれば！」

するとそこで、璃子がなにかに気づいたように、再び大声をあげて、教室の外を指さした。

「雪菜、王子様のお出ましだよっ」

「えっ、なに？」

言われて彼女が指さすほうを見てみると、そこには一ノ瀬くんの姿があって。

いつものように教室を訪ねてきたみたい。

「それじゃ、邪魔者《じゃまもの》はあっち行ってるね～」

璃子はそう告げると、そそくさと自分の席へと戻っていく。

そして、それと入れ替わるようにして、一ノ瀬くんが私の席までやってきた。

「雪菜、おはよ」

笑顔で声をかけられ、私も返す。

「おはよう」

すると、一ノ瀬くんは私の姿をじっと見るなり、目を大きく見開いた。

「あれ？　雪菜、その髪……」

彼もまた、私の髪型がいつもと違うことにすぐ気がついてくれたみたい。

「あ、うん。今日は結んでるの」

私がそう答えると、彼は少し顔を赤くしながら、ボソッとつぶやく。

「マジで。なんか新鮮。すっげぇかわいい」

「えっ……」

まさか、そこまで褒めてくれるとは思わなかったので、不覚にもすごく照れてしまった。

前から思ってたけど、一ノ瀬くんって本当に発言がストレートっていうか、大げさっていうか。

褒められるのってあまり慣れていないから、いちいち動揺してしまう。

「それに、その花柄の髪飾りもかわいい」

さらに彼は、私が髪を留めていたバレッタの存在にも気がついてくれて。

そんなところにまで気づいてくれるとは思わなかったので意外だったけど、私としては少しうれしかった。

だって、今日私が髪をハーフアップにした本当の理由は、この新しいバレッタを使いたかったからなんだ。

「ありがとう。実はこれ、お母さんの手作りなの」

私がそう告げると、驚いたように目を丸くする一ノ瀬くん。

「えっ、手作り？　これが？」

「そう」

「へぇー、すげぇ。雪菜のお母さんって、器用なんだな」

「うん。ハンドメイドが好きで、ときどき作ってくれるの」

「そうなんだ。いいお母さんじゃん。それ、雪菜にすごく似合ってるよ」

そんなふうに素直に褒められると、やっぱり照れる。けど、うれしい。

「あ、ありがとう」

下を向きながら小声でお礼を言ったら、一ノ瀬くんはいつものように前の席に腰かけた。そして思いついたように、パチンと手をたたく。

「あ、そうそう。俺、教科書忘れたから雪菜に借りようと思ってたんだった」

「え、教科書？　なんの？」

「数学なんだけど。今日持ってる？」

「持ってるけど」

机の引きだしをのぞきこんで、数学の教科書を探す私。

教科書なんて、わざわざ私に借りなくても、ほかに貸してくれる友達がたくさんいそうなのに。

なんて思いながらも、取り出して彼に渡す。

結局私、こういうの、頼まれたら貸しちゃうんだよね。

「はい、これ。五時間目までに返してくれたら」

そしたら彼は、大げさに喜んでくれた。

「サンキュ。すっげー助かる！　授業終わったらすぐ返すな」

「うん」

「お礼の手紙も添えて」

「て、手紙はもう書かなくていいからっ」

「ははは っ。冗談だよ」

イタズラっぽく笑う一ノ瀬くんを見て、ふと考える。

私ったら、彼のことをフったはずなのに、こんなふうに普通に話してていいのかな。

だけど、避けるのもなんだかおかしい気がするし、私だって別に、彼のことが嫌いなわけではないんだ。

異性として好きっていうのとは違うだけで、人としては好きだし……。

だから、普段どおり接するぶんには、構わないよね。


――キーンコーンカーンコーン。

その日の放課後。いつものようにカバンに荷物を詰めて、帰りの支度《したく》をしていたら、うしろから突然璃子が現れた。

「雪菜、バイバイ！　まったね～！」

それだけ告げると、すごい勢いで走り去っていく彼女。

相変わらずバタバタしてるなぁ。

璃子は最近バイト先のイケメンの先輩に夢中みたいで、シフトを前よりたくさん入れてるし、バイトがある日はすごく張り切っている。

だから今日も、一刻も早くバイト先へと向かいたいみたい。

おかげでここ最近はなかなか一緒に帰れなくなってしまったけれど、璃子が幸せそうなので、それはそれでよかった。

ぼんやりと考え事をしながら、昇降口を出る。

外はいつも以上に空気がじめっとしていて、見上げると、今にも雨が降りだしそうな曇《くも》り空が広がっている。

だけど折り畳《たた》み傘はカバンの中に常備《じょうび》してあるので、万が一雨が降りだしても大丈夫だと思いながら、ゆっくり歩いて帰った。

そういえば、今日は髪型を変えてみたけど、いろんな人に似合うって褒められて、うれしかったな。

いっそのこと、これから毎日ハーフアップにしていこうかな。

この、お母さんに作ってもらったバレッタも気に入ってるし。

そんなことをあれこれ考えていたら、ふと一ノ瀬くんの顔が思い浮かぶ。

一ノ瀬くんたら、あのあと教科書を返してくれたのはいいんだけど、その次の授業で開いたらなんと、間に紙が挟まっていて。

そこにはデカデカと彼の字で『雪菜の髪型かわいかったよ』なんて書いてあったから、恥ずかしくなって思わず教科書をバタンと閉じたんだっけ。

手紙はもう書かなくていいって言ったのに……。

って、私ったらなんでまた、一ノ瀬くんのことなんか考えてるんだろう。

と、そのとき、耳のあたりに髪の毛が数本束になってパラっと落ちてきたことに気がついた。髪型が崩れてきたのかなと思い、慌てて頭に手を当てる。

そしたらハーフアップの結び目が少しゆるんでいて、バレッタも取れかけていたみたいだったので、その場で一度髪を直すことにした。

立ち止まって、バレッタとヘアゴムを外し、髪を結びなおす。

簡単だから、そんなに手間はかからないしすぐにできる。

だけど、仕上げにバレッタで髪を留めようと思ったところで、向こう側から中学生の男の子の集団がワイワイはしゃぎながら走ってくるのが見えて。

すれちがいざまその中のひとりが、私の肩にドンと勢いよくぶつかってきた。

「きゃっ！」

その瞬間、バレッタがポロッと手から落っこちる。

え、ウソ……。

「あ、すんません！」

ぶつかった男の子はすぐに謝ると、そのまま仲間とともに走り去っていく。

私は慌ててバレッタを拾おうとしたけれど、なぜか足元を探しても、どこにも見当たらない。

すぐ隣には、せまい用水路のような溝《みぞ》があって、そこには水が溜《た》まっている。

やだ……。もしかして、ここに落としちゃったのかな？

でも、今のでそんなに遠くまで飛ばされるなんてことはないだろうし、落ちたとしたら、この溝の中しか考えられないよね。

そう思ったら、一気に顔が青ざめた。

ど、どうしよう……。

お母さんに作ってもらったばかりの新しいバレッタなのに。さっそく落とすなんて、最悪だよ。

なんとかして拾おうと、しゃがんで溝の中をのぞきこむ。

幅は五十センチほどだけれど、そこそこ深くて、手を伸ばしてもギリギリのところで水面に手が届かない。

そのうえ、水が汚れているからか、中がよく見えない。

でもきっと、落ちたのならこのあたりに沈んでるはず。

なにか、長い棒でもあれば……。

そう思って近くを探したら、ちょうど折れた木の枝が落ちていたので、それを持って溝の中を探すことにした。

カバンを脇に置いて、しゃがんだまま手を伸ばし、細い枝で水の中を探る。

そんな中、すぐそばを同じ学校の下校途中の生徒たちが次々と通り過ぎていく。

みんなが私のことを変なものでも見るような目でジロジロ見てくる。

中には、クスクスと指をさして笑う人たちもいて。

「ねぇ、あの子、なにやってんの？」

「やだー、かわいそー。なにか落としたのかな？」

そんなふうに話す声が聞こえてきて、恥ずかしくて泣きそうになる。

それでも、どうしてもあきらめたくなくて、私は必死で探し続けた。

だけど、どこにあるのか全然わからないし、見つかる気配もない。

これはもう、最悪自分で溝の中に入って探すしか……。

いやでも、それはさすがに危険すぎるし、絶対ここに落ちてるとも言いきれないし。

どうしたらいいんだろう。私ったら本当なにやってんだろう。

どうしてこんな場所でバレッタを外しちゃったのかな。自分で自分がイヤになる。

このまま失くしてしまったらどうしよう。こんなことなら学校につけてくるんじゃなかったな。

お母さんからもらった、大切なバレッタなのに……。

思わず目に涙がにじんでくる。

そしたらそのとき背後から、誰かが駆け寄ってくるような足音が聞こえてきて。

なにかと思ったら次の瞬間、肩をポンとたたかれ、声をかけられた。

「雪菜！　どうした？」

その声にハッとして振り返る。

「えっ……」

すると、そこにはカバンを持った一ノ瀬くんが立っていて。驚きのあまり目を見開いた。

っていうか、変なところ見られちゃった。恥ずかしい。

「い、一ノ瀬くん。なんで……」

「いや、ちょうど今帰るところだったから。雪菜こそ、なにしてんの？」

そうたずねられて、一瞬ためらったけれど、正直に話す。

「それが、さっきこの溝の中にバレッタを落としちゃったみたいで、探してて……」

「えっ！　マジで？」

「でも、全然見つからなくて……」

それを聞いた途端、地面にドサッとカバンをおろす一ノ瀬くん。

そして、あろうことか、自分もしゃがんで溝の中をのぞきこむと、水面に向かって手を伸ばした。

「え、ちょっと！」

ウソ。探してくれるの？

――バシャッ。

私より腕の長い彼は、水の中まで手が届いたらしく、そのまま泥水に手を突っこむ。

だけど、すぐに手を引っこめると、困ったような顔で。

「あーっ、ダメだ。底までは手が届かねぇな。雪菜、俺にもその棒貸して」

言われて、手に持っていた木の棒を彼に手渡す。

すると一ノ瀬くんは、今度はその棒でさっきの私みたいに水の中を探り始めた。

その姿を見たら、なんだか申し訳なくなってしまう。

どうしよう。私ったら、一ノ瀬くんのことまで巻きこんじゃった。

「い、いいよっ。一ノ瀬くん。大丈夫だから」

遠慮《えんりょ》するようにそう告げると、一瞬こちらを向く彼。

「いや、雪菜が困ってんのに、ほっとけるわけないだろ」

「……っ」

そんなふうに言われたら、思わず胸が熱くなる。

通りすがりのほかの人たちはみんな、誰も助けてくれなかったのに。彼だけはそうじゃないんだ。

膝《ひざ》をついて、溝の中に手を伸ばす彼の表情は、真剣そのものだ。

他人事のはずなのに。制服だって汚れちゃうかもしれないのに。

どうしてそんなに優しいんだろう。

「うーん、これ、この棒だと探しにくいな。なんかもっとほかの……あっ、そうだ！」

するとそこで、一ノ瀬くんはなにかひらめいたように、自分のカバンから下敷き《したじ》を取り出す。

そして今度は木の棒の代わりに、その下敷きで水の中を探り始めた。

「えっ、下敷き？」

「うん。こっちのほうが探しやすいし、これですくえるじゃん」

「で、でも、汚れちゃう……」

下敷きはすでに泥水に浸かって黒く汚れている。

それを見たら、ますます申し訳なくなってくる。

「いいよ。こんなの洗えばいいんだって」

でも、一ノ瀬くんはそんなことは気にしていないみたいだった。

下敷きで何度も泥水《どろみず》をすくいあげたり、水の底を掘ったりしながら、熱心に探してくれる彼。

私は隣にしゃがみこんで、その様子を一緒に見守る。

だけど、バレッタはなかなか見つからない。

すると、そのときぽつっとなにか降ってきたことに気がついた。

あれ、雨だ……。

さっきから雲行きが怪しいなとは思ってたけど、とうとう降りだしてしまったみたい。

ぽつぽつと雨は、一ノ瀬くんの体にも降り注いで、彼のワイシャツに雨粒《あまつぶ》のシミができていく。

それを見ていたら、なんだかいたたまれない気持ちになった。

どうしよう……。

さすがにもう、これ以上は彼にこんなことさせられないよね。

このまま探し続けていたら、一ノ瀬くんが風邪をひいてしまうかもしれない。

そう思った私は、そっと彼の腕を掴んで、声をかけた。

「も、もういいよ。雨降ってきちゃったし。もう私、あきらめるから……」

せっかく探してくれたのに悪いけど、これ以上付き合わせるわけにはいかないから。

だけど彼は、私がそう言っても探すのをやめようとしなくて。

「ねぇ、一ノ瀬くんっ」

しびれを切らしたようにもう一度声をかけたら、彼は一度手を止めて、こちらを振り返った。

「でも、雪菜のお母さんが作ってくれた大事なバレッタなんだろ？」

「えっ……」

一ノ瀬くんの瞳が、まっすぐに私をとらえる。

「大丈夫。俺が絶対見つけてやるから。待ってて」

力強く放たれたその言葉に、思わず胸がじーんとして、泣きそうになってしまった。

ねぇ、どうしてなんだろう。

どうして一ノ瀬くんは、そんなに一生懸命になってくれるの？

私なんかのために……。

雨に打たれながらも必死でバレッタを探す彼に、持っていた折り畳み傘を広げて、そっとかたむける。

途中、彼は『雪菜が濡《ぬ》れたら困るから俺はいい』って言ってくれたけど、私は彼が濡れるほうが困るので、少しでも彼に雨が当たらないようにと傘をさし続けた。

すると、そんなとき……。

「あーっ！　あった！　見つけた！」

彼の甲高い叫び声がその場に響いて。

「えっ、ウソッ！」

どうやらバレッタが見つかったみたい。

信じられない。まさか、本当に見つかるなんて……。

「あったよ！　雪菜のバレッタ！」

言われて自分も溝の中をじっとのぞきこむ。しかしながら、パッと見どこにあるかはわからない。

「今、一瞬すくいあげたんだけど、滑って落っこちちゃって。でも、手前のほうに落ちたから、今度は手で拾えるかも」

一ノ瀬くんはそう言うと、溝の中に向かって、さらに身を乗り出そうとする。

「えっ、手で……？」

「ちょっと待ってろ。今取ってやるから。今から俺ギリギリまで顔突っこむから、もし落っこちそうになったら俺のシャツ引っ張って。まぁ、最悪落ちてもいいけど」

「えぇっ⁉」

なにそれ。大丈夫なのかな？

「あ、危ないよっ！」

心配になって声をかけると、一ノ瀬くんは自信満々な顔で言う。

「大丈夫。俺、身体能力だけは自信あるから」

そんなふうに言いきってしまう彼は、なんだかとても頼もしくって、いつも以上にカッコよく見えた。

「気をつけてねっ」

ドキドキしながら彼の様子を隣で見守る。

一ノ瀬くんは、さらに顔を突っこんで、溝の中に手を伸ばす。

すると次の瞬間……。

「やった！　取れたっ‼」

うれしそうな声とともに、彼が起きあがり、こちらに顔を向けて。

泥だらけのその手には、たしかに、私が落としたはずのバレッタが握られていた。

ウソ！　すごい……。

本当に見つかった。

一瞬もうダメかもしれないって、あきらめてたのに。

私のために、一ノ瀬くんが必死で見つけだしてくれたんだ。

「雪菜、ほらっ」

一ノ瀬くんはそう言って、バレッタを私に差しだす。

「あ、ありがとうっ！」

私はそれを受け取った瞬間、感激のあまり目が潤《うる》んでしまった。

どうしよう。うれしい……。

まさか彼が、ここまでしてくれるなんて。

何度お礼を言っても足りないくらいだ。

手に持ったバレッタをまじまじと見つめる私に、一ノ瀬くんが声をかけてくる。

「ちょっと汚れてるけど、洗ったらきれいになるはずだから」

「うんっ。本当にありがとう」

もう一度礼を言い、バレッタをギュッと握りしめる。

そしたらそんな私を見て、一ノ瀬くんがホッとしたように笑った。

「ふっ、よかった」

顔をあげ、彼をよく見てみると、手が泥だらけで、髪も雨に濡れて、制服も少し汚れてしまっている。

そんな彼の姿を見て、急にまた申し訳ない気持ちになる。

「あの、なんか、ごめんね。私のために付き合わせちゃって……」

思わず謝ったら、彼は微笑みながら答えた。

「いや、雪菜のためならこんなのどうってことないよ。それより、見つかってほんとによかった」

その優しい笑顔に、胸がトクンと音を立てる。

そんなふうに言われたら、少しときめいてしまいそうになる。

「あっ……」

するとそのとき、ふとあることに気がついた。

「やだ。一ノ瀬くん、ケガしてる」

「え？」

一ノ瀬くんの手の甲をよくよく見ると、先ほど溝に手を突っこんだとき、なにかにぶつけてひっかいてしまったのか、傷ができている。

「あぁ、ほんとだ。いつの間に。まぁ、このくらい平気だよ」

彼はそんなふうに言うけれど、私はとてもじゃないけど放っておくなんてできない。だって今、バレッタを探してくれたせいでケガしたんだから。

「でも、血が出てきてるよ。手当てしなきゃ」

「いいよいいよ。気にすんなって」

遠慮するようにそう告げる一ノ瀬くんの体に、パラパラと雨が降り注ぐ。

いつの間にかさっきよりも、雨が少し強まってきたみたい。

「ダメだよっ。私、絆創膏持ってるから」

私はそう言うと、彼の腕をギュッと掴んで、少し強引に雨宿りできる場所まで連れて行った。

その後、幸い近くの公園のベンチの上に屋根がついていて、雨宿りできるようになっていたので、私はそこで彼の手当てをすることにした。

泥で汚れたバレッタと手を水道で洗ったあと、ふたりでベンチに腰かける。

私はまず、持っていたタオルハンカチを取り出して、雨に濡れた彼の髪や体を拭いてあげた。

「やだ、一ノ瀬くん、すごい濡れてる。ちょっとじっとしててね」

「えっ……」

すると彼は戸惑ったような声をあげたかと思うと、急におとなしくなって。

そのまま本当にじっとして、動かなくなる。

途中目が合って、彼の顔をよく見たら、驚くほど真っ赤になっていて、なぜだかすごく照れているみたいだった。

なんだろう。こういうの、恥ずかしいのかな？

さらには一ノ瀬くんの手の甲の傷に、絆創膏をそっと貼ってあげる。

ゴツゴツした骨っぽい手は、いかにも男の子の手って感じで、私の手よりもずっと大きく感じる。

「はい。とりあえずこれでいいかな」

手当てを終えて声をかけると、彼は照れくさそうに礼を言った。

「あぁ、ありがと」

「帰ったら、ちゃんと消毒してね。あと、すぐに着替えてね。風邪ひいちゃうから」

私がそう言うと、ポカンとした表情でこちらを見てくる彼。

こういうとき、ついつい世話焼きな性格が出てしまうなと思う。

どうしてもほっとけなくなって、余計な手だしをしてしまうというか。

よくお兄ちゃんに『お前は母親か』ってつっこまれたりするけど、たしかにそれは私の悪い癖だと思う。

もしかしたら、一ノ瀬くんも戸惑ったのかな……。

なんて思いながら彼を見つめ返すと、一ノ瀬くんは静かに口を開く。

「雪菜ってやっぱ、優しいよな」

「えっ……」

思いがけない言葉にドキッとした。

「俺のこと、ちゃんと心配してくれるし。こうやって、わざわざ手当てとかもしてくれて。ほんと面倒見がいいっつーか」

感心したように語る一ノ瀬くん。

「い、いや、それは別に、ただ……」

「やっぱり俺、雪菜が好きだ」

「……っ」

一ノ瀬くんが、私の目をじっと見つめる。

「すっげぇ好き」

熱っぽい瞳でそう言われて、なんだかものすごく胸がドキドキしてしまった。

やだ。ちょっと待って。どうしたのかな、急に。

というか、今そんなこと言われても……。

戸惑う私の手を、一ノ瀬くんがそっと握る。

「なぁ、俺たち、友達になるのもダメ？」

「……え？」

「今すぐ付き合ってとか、言わないから。ただ、雪菜のことをもっと知りたいし、もっと仲良くなりたいんだよ」

懇願《こんがん》するような表情で訴えかけられて、一瞬黙りこむ。

友達……か。

ふと、先ほど彼の手に貼った絆創膏に目をやる。

私のために、雨の中バレッタを必死に探してくれた。

正直、私のためにここまでしてくれた彼のことを思ったら、ダメなんてとても言えなかった。むしろ、一〇倍くらい見直したんじゃないかとさえ思う。

それに自分でもどこか、彼のことをもっと知りたいような、そんな気持ちがあって。

それはあきらかに、今まで彼に抱いていた感情とは違うものだった。

「と、友達なら……」

私がそう言ってコクリとうなずいてみせると、驚いたように目を丸くする彼。

「……えっ。いいの？」

「うん」

そして次の瞬間、一ノ瀬くんは私から手を離すと、大きくガッツポーズを決めた。

「マジで？　やった!!」

子供みたいに喜ぶ彼を見て、クスッと笑ってしまう。

大げさだなぁ。そんなに喜ばなくても。

「じゃあさ、今度から俺のこと下の名前で呼んでよ」

「えっ」

さらには、突然そんな提案をしてくる彼。

「一ノ瀬くんじゃ、まぎらわしいだろ」

「……そっか」

たしかに、言われてみれば、すごくまぎらわしいかも。

自分もイチノセなのに、『一ノ瀬くん』って呼ぶのはずっと変な感じだった。

「彼方って呼んで」

ニコニコしながら顔をのぞきこまれて、ギョッとする。

「よ、呼び捨ては無理っ！」

「じゃあ、『彼方くん』でいいよ」

「わ、わかった……」

ちょっと恥ずかしいけど、くんづけなら呼べるかな、なんて思ってたら。

「呼んでみてよ」

さっそくそんなことを言いだす彼。

「えっ、今？」

「うん」

ちょっと待ってよ。どうしよう。

いざ本当に名前で呼ぶとなると、結構恥ずかしいんだけど。

「か……彼方、くん」

ぎこちないながらも口にしたら、その瞬間かぁっと顔が熱くなる。

あぁ、ダメ。やっぱり男の子のことを名前で呼ぶのって、恥ずかしいよ。

おそるおそる彼方くんのほうへ視線を戻す。

すると彼は、なぜか目を見開き、顔を真っ赤にしていて。

……あれ？

自分で呼べって言ったのに、私よりも照れている様子だったので、思わず笑みがこぼれた。

「うわ、やべー。超うれしい……」

口元に手を当てて、感激したように言う彼。

「雪菜、もう一回呼んで？」

さらにはそんなことを言いだす。

「い、イヤだっ。恥ずかしい！」

さすがにそれは恥ずかしかったので拒否したら、彼は「ははっ」とイタズラっぽく笑った。

そんな彼を見て、思う。

彼方くんって、やっぱり不思議な人だなって。

最初はあんなに苦手だったはずなのに、いつの間にか彼を受け入れてしまっている自分がいる。

それはたぶんまだ、恋愛感情とは違うけれど、私の中で、彼に対する気持ちが少しずつ変わっていってることだけは、たしかだった。

私の苦い初恋

私が男の子に憧れのような気持ちを抱いたのは、あれが初めてだった。

当時高一だった私の家には、お兄ちゃんと同級生であるバンド仲間の友達が、毎日のように遊びに来ていた。

彼らはほとんどが、お兄ちゃんと似たような派手な容姿のチャラい人ばかりで、私はその人たちが少し苦手だった。

家に帰るといつもワイワイ騒いでいて、ノリが軽くて、ふざけてばかりで。

人使いの荒いお兄ちゃんは、『飲み物を持って来い』だとか、なにかと私に用事を押しつけるから、そのたびにお兄ちゃんの部屋に呼ばれて、その友人たちにまで絡まれたりするのがイヤだった。

だけど、その中にひとりだけ、みんなとは違うオーラを放っている人がいた。

ひとりだけ髪を染めていなくて、いつも落ち着いた雰囲気で、見るからに好青年風の眼鏡をかけた大人っぽい長身の美男子。

そう。それが遠矢陸斗先輩だった。

彼は、ほかのチャラチャラしたお兄ちゃんの友達とは違って、私に対してとても親切にしてくれた。

真面目で優しくて、私のことをからかったり、弄《いじ》ったりもしない。

逆に絡まれて困ってる私をフォローしてくれたり、片づけを手伝ってくれたり、紳士的な態度で接してくれて。

いい人だなって、素敵な人だなって思った。

世の中には、お兄ちゃんと違って、こんな誠実な男の子もいるんだなって。

元から私はあまり男子と積極的にかかわるようなタイプではなかったから、男の子とまともに話したのもそれが初めてで。男の子に優しくされたのもたぶん、初めてだった。

私はそんな陸斗先輩にいつしかドキドキしたり、ときめいたりするようになって、いつからか、彼がうちに遊びに来るのが楽しみになっていた。


ある日のこと。私が学校から帰ったら、家の中から美しいピアノの音色が聞こえてきた。

たしか、高校生活にもようやく慣れてきた、五月の終わり頃だったと思う。

誰だろうと思いリビングに足を踏み入れると、そこにはピアノを奏でる陸斗先輩の姿があって。私は一瞬にして目を奪われた。

ピアノを上手に弾く男の人なんて、今までテレビの中でしか見たことがなかったから。

私も小学生の頃はピアノを習っていたので、自分も少しは弾けるけれど、私なんかとはくらべものにならないくらい上手で。

お兄ちゃんたちが組んでいるバンドで、先輩がキーボードを担当していることは前から知っていたけれど、彼がそのとき弾いていた曲はたぶん、クラシックだったと思う。

陸斗先輩の奏でる音色《ねいろ》はとても優しくて、私は曲名すらよくわからなかったけれど、すごく感動してしまった。

しばらくその場に突っ立って、静かに聴き入っていた。

彼の手の動きや表情にじっと見とれていたんだ。

男の人を本気でカッコいいと思ったのは、たぶんこのときが初めてだった。

曲を最後まで弾き終えると、陸斗先輩は振り返って、にっこり笑いかけてくれた。

私はその瞬間、心臓がドクンと勢いよく飛び跳ねたのを覚えてる。

胸が熱くなって、頭がボーッとして、しばらくそこから動けなくて。

ずっと憧れの存在だった彼だけど、その瞬間、この人のことをもっと知りたい、もっと近づきたい、そんな感情が芽生えてしまった。

まだ、恋がどんなものかもよくわからなかった頃。

小説の中でしか、恋を知らなかった私が、初めてリアルで男の人に恋心を抱いた。

そう。それが私の初恋だった——。

陸斗先輩は、とっても優しかった。

最初の頃は顔を合わせたら少し話す程度だったけれど、いつからか、うちに来るたび私の部屋に顔を出してくれるようになって。そのたびに彼はいろんな話をしてくれて、ときには勉強を教えてくれたりもした。

成績優秀で、とくに数学が得意だった先輩。

彼の教え方はとっても上手で、まるで家庭教師のようだった。

私が問題を解くのを、隣で先輩が見守りながら丁寧《ていねい》に教えてくれて。

振り向いたら目が合ったり、ときどき手が触れたりするたび、私はドキドキしていた。

『雪菜はがんばり屋だよな』

『雪菜には教えがいがあるよ』

先輩は私のことを、そんなふうに褒めてくれた。

自分に自信のなかった私は、その言葉がすごくうれしくて。

先輩が見てくれてるからもっとがんばろう、そう思って勉強をがんばることができた。

先輩に教えてもらうようになってから、成績も上がった。

学校でも彼は、会うたび声をかけてくれたりして、ときどき音楽室でピアノを弾いてみせてくれたりもした。

ふたりきりの時間は、とっても幸せだった。

その頃の私は、毎日がわくわくして、希望にあふれていて。

先輩に会えるから、毎日学校に行くのが楽しみになった。

「お前さー、最近陸斗と仲いいよな」

ある日、お兄ちゃんにこんなことを言われた。

お兄ちゃんの目からも陸斗先輩と私は仲がよく見えていたみたいで、うれしかった。

たぶん、正直自分でも少しうぬぼれていたんだと思う。

その頃はすでにタメ口で話すことができるくらいに親しくなっていたし、先輩も私に好意を持ってくれているんじゃないかって、心のどこかで思っていた。

そして、お兄ちゃんはさらにこんなことまで口にした。

「陸斗がお前のことかわいいって言ってたぞ」

このひとことは、私のうぬぼれをますます加速させた。

今まで男の人に〝かわいい〟なんて言われることはほとんどなかったから。

もしかして、先輩も私のことを意識してくれてる？なんて、そんなバカなことを考えて、ますます期待してしまうようになった。

そして、陸斗先輩との親密度《しんみつど》があがるほどに、彼の態度もどんどん思わせぶりになっていった。

頭をポンポンされたり、冗談っぽく手をつないできたり。

友達の妹というよりも、女の子として扱ってもらえているような気がして、私はそんな彼の態度にドキドキしっぱなしだった。

『雪菜といると落ち着くんだ』

『雪菜の笑顔にいつも癒されてるよ』

先輩は私といるとき、そんな言葉をかけてくれた。

今思えば彼女にするようなことを、私にしてきていたように思う。

男慣れしていなかった私は、そういうのも全部真に受けてしまって、いつしか自分は彼にとって特別なんじゃないかって、勘違いしていた。

そんなある日、私は陸斗先輩と初めてデートの約束をする。

冬休みに入ってすぐ、先輩からスマホにメッセージがきて、誘われたんだ。『一緒に映画観に行かない?』って。

私はうれしくてたまらなくて、完全に舞いあがっていた。

男の子とふたりきりで出かけるなんて、初めてのことだったから。

しかも、大好きな人とのデート。

髪型やメイクもバッチリ決めて、いつも以上にオシャレをして出かけた。

陸斗先輩はそんな私の気合いたっぷりの姿をかわいいって褒めてくれた。

デートの最中もずっと先輩は優しくて、まるで先輩が彼氏になったみたいで。

夢のように楽しい一日を過ごすことができた。

クリスマスムードで浮かれる街の中、私の心も浮かれっぱなしで。

このまま自分の恋が叶うんじゃないか、先輩も私のことを好きなんじゃないかって錯覚《さっかく》しそうになったくらい。

そしてそれは、帰り際、確信に近いものへと変わる。

ふたりで待ち合わせをした駅まで戻ったときのこと。

名残《なごり》惜しい気持ちのまま、先輩にバイバイしようとしたら、手をギュッと握られて。

そのまま突然唇にキスをされた。

一瞬のことで、なにが起こったのか、すぐにはわからなかった。

衝撃のあまりなにも言葉が出てこなくて、その場に固まってしまった。

先輩はそのあとにっこり笑って、『またな』って言うと、そのまま電車に乗って帰っていったけれど、私はなかば放心《ほうしん》状態だったと思う。

だってこれが、私にとって、生まれて初めてのキスだったから……。

ファーストキスだった。

大好きな彼からのキス。

陸斗先輩からはとくに『好きだ』とか、告白をされたわけではないけれど、私はうれしくてたまらなくて、完全にうぬぼれてしまった。

先輩はやっぱり私のことが好きなんだって、そう思った。

だって、普通好きでもない子にキスなんてするわけないし、デートにだって誘うわけがない。

まぁ、うちのお兄ちゃんならやりかねないけれど、陸斗先輩はそんな人じゃないはず。

このままきっと私の恋はうまくいく。そう思いこんでいた。

幸せの絶頂《ぜっちょう》だった。

だけど、そんな幸せな気分はいつまでも続かなかった。

その初デートの数日後から、急に陸斗先輩からぱったりと連絡が来なくなる。

自分からも何度かメッセージを送ってみたけれど、なかなか返事が来ないし、来たとしても今までのように会話が続かなくて。

そのまま新学期を迎え、ようやく学校で会えたので話しかけてみたけれど、なぜか少しそっけない。

先輩の態度が、今までに比べて冷たく感じる。

そうやってまともに話す機会もないままどんどん時間が過ぎていって、私はすごく落ちこんでいた。

あのときのキスはなんだったんだろう。どうして急にそっけなくなってしまったんだろうって。

前はあんなに優しくて、マメに連絡をくれたり、話しかけたりしてくれていたのに。うぬぼれていたのが一転、どんどん不安な気持ちになってきた。

私、なにか嫌われるようなことでもしたかな？

それともなにかあったのかな？

そんなふうに悩んでいたある日、私は衝撃の事実を知ることになる。

陸斗先輩のことが気になって、お兄ちゃんにさりげなく『最近、陸斗先輩うちに来ないね』って聞いたときのことだった。

お兄ちゃんがサラッとこんな報告をしてきたんだ。

『あぁ。だって陸斗のヤツ、彼女できたから』

私はそれを聞いた瞬間、ショックのあまりしばらく言葉が出てこなかった。

心がひび割れて、ガラガラと音を立てて崩れていくような感じがして。

とにかく信じられなかったし、信じたくなかった。

泣きそうなのを必死でこらえながら、お兄ちゃんに詳しいことを聞いてみる。

すると、その陸斗先輩の彼女というのは、学年でも美人で有名なお兄ちゃんたちの同級生で、元から先輩と仲のよかった子らしい。

お兄ちゃんいわく、先輩と彼女はよくふたりきりで出かけたり、電話をしたりするような仲で、いつくっついてもおかしくない感じだったから、別に驚くことはなかったんだとか。

私はそれを聞いて、ますます頭の中が真っ白になった。

陸斗先輩のそばにそんな女の人の存在があっただなんて、そんなこと全然知らなかったし。

同時に疑問がわいてくる。

じゃあ、私はいったいなんだったんだろう。

あの思わせぶりな態度は、なんだったの？

あのときのキスは、ただの気まぐれ？

好きな子がいるのに、私をデートに誘っていたの？

ほかの子にもあんなふうに優しくしてたの？

私はただ、遊ばれていただけだったのかな？

初めての恋だった。

初めてのキスだったのに……。

陸斗先輩にとっての一番は、私じゃなかった。

私は彼の特別なんかじゃなかった。

私が勘違いしてうぬぼれていただけだったの？

私がバカだっただけなの？

ひどいよ、先輩……。


最初はショックのあまり冷静に考えることができなくて、しばらくは毎日のように家でひとりこっそり泣いていた。

でも、陸斗先輩を好きだったことは誰にも話していなかったし、結局私は誰にも相談することができなかった。

お兄ちゃんにだって、もちろん言えない。璃子にも話せない。こんなみじめな失恋。

ツラくて、苦しくて、どうしていいかわからない。

どうして急にこんなことになってしまったのか、本当にわからなかった。

ついこの間までは、あんなに優しかったのに。

まるで、私のことを好きみたいな態度だったのに。

あの言葉も、態度も、全部全部ウソだったの……？

そしてなにより、あのときのキスはなんだったんだろうって、それがどうしても心の中で引っかかっていて。

私はとうとう陸斗先輩を呼びだしてしまった。

放課後の誰もいない教室に残って、ふたりで話した。

「先輩、彼女ができたって本当？」

私がそう聞いたら、陸斗先輩は気まずそうな顔をしてうなずいた。

「あぁ、そうだよ。遥から聞いたの？」

「うん」

「そっか。ごめんな、雪菜にも話そうとは思ってたんだけど、なかなか話すタイミングがなくてさ。聞きたかったことってそれ？」

そんなふうに問いかける先輩は、やっぱりなんだかそっけなくて。

もう私のことなんて相手にしたくないかのように見えた。

「……違う。どうして……」

「えっ？」

「どうして先輩は、あのとき私にキスしたの？」

だから私は、思い切ってたずねた。

ずっと聞きたかったこと。心の中で引っかかっていたことを。

「私のこと、好きじゃないのに……。ほかに好きな子がいたんでしょ。だったらなんで……っ」

言葉にしたらだんだんとまた悲しくなってきて。しまいには涙があふれてきた。

先輩は、泣きながら問いただす私を、黙ったまま見つめる。

「私、ずっと、先輩のこと、好きだったのに……」

今さらのように気持ちを打ち明けたら、先輩は静かに謝ってきた。

「……ごめん、悪かった」

さらにつけ足すように語りだす彼。

「でも、好きじゃないっていうのは、ちょっと違うよ。あのとき俺が雪菜に惹かれてたのは、事実だから」

「えっ……」

それは、衝撃的な発言だった。

先輩が、私のことをわずかでも好きでいてくれただなんて。

だからあのときキスしたっていうの？

でも、じゃあなんで、急に冷たくなったりしたんだろう。

やっぱりわからないよ。

「でも俺、気がついたんだ。これは恋愛感情とは違うんじゃないかって」

「なっ……」

陸斗先輩はそう告げると、私の頭にポンと手を乗せて。

「雪菜のことは、大事な妹みたいに思ってるよ。今でもそう思ってる。だから、あのときのキスのことは謝るよ。ごめんな」

それは、本当にずるいセリフだった。

そんなので納得できるわけがないのに。

私は別に謝ってほしかったんじゃない。

彼の本当の気持ちが知りたかっただけなのに……。

「雪菜には、俺なんかよりもっといいヤツがいるよ。だから、もっといい恋愛しろよ」

呆然と立ち尽くす私に、先輩はそれだけ言い残すと、教室を去っていった。

私はショックでなにも言い返す言葉が出てこなくて。

ただただ、悲しくて、虚しかった。

自分はいったいなんだったんだろう。

私の初恋は、なんだったんだろう。

恋愛感情とは違う……先輩はそう言ったけれど、私は最後まで結局、ひとりの女の子として見てもらえていなかったってことなのかな。

ずっと、妹でしかなかったのかな。

ただ、もてあそばれていただけだったのかな。

それとも私が勝手に勘違いして、うぬぼれて、期待しすぎただけだったのかな。

わからない……。

だけど、たしかに言えるのは、私の初めての恋は終わってしまった、ということだった。


そして私は、そのまましばらく落ちこんでいたけれど、はっきりとフラれてしまった以上はあきらめるしかないと思って、なんとか立ち直ろうとがんばっていた。

陸斗先輩のことはもう忘れよう、そう思って毎日を過ごしていた。

そんなある日のこと。

私は放課後お兄ちゃんに用があって二年生の教室まで来ていて。

そのとき偶然、陸斗先輩とその友達が話している姿を発見してしまった。

そこにお兄ちゃんはいなかったけれど、なんとなく気になって、ドアの外で足を止めたら、話の内容がこちらまで聞こえてきた。

「そういえばお前、梓とラブラブなのはいいけどさ、遥の妹ちゃんはどうしたの？一時期いい感じだったじゃん」

すると急に、ひとりの男子がこんなことを言い始めたので、ドキッとして心臓が口から飛び出るかと思った。

まさか、私の話題が出てくるなんて。

「あぁ、あの清楚系の子でしょ。俺も気になる」

「彼女候補《こうほ》なんじゃなかったの？」

……彼女候補？

私は聞かずに引き返すこともできたけれど、やっぱり気になって、その場でこっそり聞き耳を立ててしまった。

聞かれた陸斗先輩本人は、少し間《ま》をおいてから語り始める。

「……あぁ、まあな。でも、フッちゃったんだよね。あ、遥には絶対言うなよ」

「マジで〜、いつの間に！　俺はあっちが本命かと思ってたぜ。違ったのか」

「そうだよ。デートしたって言ってたじゃん！」

「あー、うん。たしかにかわいいけど、なんていうか、ちょっと真面目すぎるんだよね。読書が趣味みたいな子だしさぁ」

陸斗先輩の口から飛びだした言葉に、衝撃を受ける私。

ウソ、なにそれ……。

私って、そんなふうに思われてたんだ。

「え、読書って、マジ？ そんな真面目ちゃんなの？ あの遥の妹なのに？」

「うん。一回デートしてみて思ったんだけど、やっぱり付き合うのはないなって。俺はもっと甘えてくれるタイプが好きだからさ」

それはおそらく、陸斗先輩が私には語らなかった、彼の本音だった。

結局私が彼にフラれた理由、相手にされなかった本当の理由は、それだった。

妹みたいだからとか、そういうことじゃなくて。

私が真面目過ぎてつまらないから。私が甘えベタでかわいげがないから。

だから彼は急にそっけなくなったんだ。

「マジかー」

「それにほら、ウブすぎるとヘタに手出せないじゃん。友達の妹だしさ」

そう言って困ったように笑う、陸斗先輩はなんだか別人みたいで。

私が知る彼と、同一人物だとは思えなかった。

でもたぶん、それが彼の本性だったんだろう。

私は結局先輩の優しい一面に騙されていただけだった。

先輩は、私のことを好きなんかじゃなかった。

もてあそんで、その気にさせて、飽きた途端にさよならして。

そして実際は、私のことを陰でバカにしていた。否定していたんだ。

あんなに優しくしてくれたのに。

まるで、私のことを好きみたいな態度だったのに。

先輩がかけてくれた言葉も、あのキスも、結局全部ウソだったなんて……。

どうしてこんなに傷つかなくちゃいけないんだろう。

ただ、先輩を好きになっただけなのに。

先輩のことを信じただけなのに……。

こんなことなら、なにも知らないほうがまだよかった。

フラれたときよりも、ずっと、もっと苦しい。

私は裏切られたような気持ちでいっぱいで、絶望の底に突き落とされたような気分だった。

男の人を信じられなくなってしまった。

男なんてみんな、いつかは裏切るんじゃないかって。

恋なんてしても、結局は傷つくだけなんじゃないかって。

だって、あんなに誠実そうに見えた先輩が、裏ではこんなことを言っていたんだもの。

もうなにを信じたらいいのかわからなかった。

それと同時に、自信も喪失《そうしつ》してしまった。

ただでさえ自分に自信がなかったのに、陸斗先輩の言葉で、自分を完全に否定されたみたいで。あらためて、つまらない、魅力《みりょく》のない女だと宣告されたみたいで。

ますます自分のことが嫌いになった。

私には、小説に出てくるような素敵な恋なんて、できるわけがないんだ。

そういうのには縁がないんだって、そう思った。

だからもう、絶対に恋なんてしない。

誰も好きにならないし、誰とも付き合わない。

そのとき私は心の中で、固く決意した。

そうこれが、私の苦い初恋の記憶――。

chapter*3

Kimisae ireba,
nanimo iranai.

Only you.

presented by
Aoyama Sorara

俺が一緒にいたいだけ

「雪菜、この問題も教えて」

「あぁ、これはね、この公式を使って……」

朝のにぎやかな教室の中。私は自分の席で、彼方くんに数学の問題の解き方を教えていた。

「あ、わかった。解けたかも。これで合ってる？」

「うん。そうそう、合ってるよ」

「やった！」

彼方くんとは先日、友達になるって約束をしたばかりだけど、彼は相変わらず毎日のように私の席までやってくる。

私も今ではすっかりそれに慣れてしまって、いつからか、彼と話すのが日課のようになっていた。

自分でも不思議だなと思う。

男の子は苦手だった。彼方くんのことだって、最初はチャラくて苦手だと思っていたはずなのに。

実際に彼とよく話してみると、意外と真面目だし、思ってたほどチャラい感じでもないし、すごく優しい人だと思う。

もちろん、彼のすべてを知ったわけではないけれど、今ではだいぶ気を許せるようになったし、いつの間にか、彼と一緒にいることに、居心地のよさのようなものを感じている自分がいた。

「あー、よかった。雪菜のおかげで宿題無事終わった」

彼方くんがノートをパタンと閉じて、うれしそうにつぶやく。

「よかったね、授業に間に合って。でも、宿題はなるべく家で自分でやってきてね」

私がちょっとあきれたように言うと、眉をさげて笑う彼。

「はは、ごめんごめん。だって全然わかんなかったから」

「そうなの？　でも、今説明したら意外と理解できてたよ」

「それは雪菜の教え方がうまいからだって。超助かったよ！　ありがと」

そんなふうにキラキラした顔で礼を言われると、悪い気はしない。

彼方くんはいつだって素直で、なんだか憎めない。

感情を表に出すのが苦手な私とは正反対で、発言がストレートだし、すごくわかりやすい性格をしてるなぁと思う。

「そういえばさ……へっくしゅん！」

そこで突然、彼方くんがなにか言いかけたかと思うと、大きなクシャミをした。

「だ、大丈夫？」

思わず問いかけたら、彼はちょっと恥ずかしそうに顔を赤らめる。

「あぁ、うん。ごめん」

すると、近くでその様子を見ていたクラスの一部の女子たちが、途端に騒ぎだした。

「キャーッ！　今の見た？　彼方くんがクシャミした！」

「クシャミの仕方、超かわいいんだけど～！」

クシャミをしただけでこんなに騒がれる彼も、大変だなと思う。

ちなみに彼方くんは髪を切ったのが好評らしく、最近ますます女子人気が上昇したんだとか。

「相変わらず女子に大人気だね」

私が声をかけると、彼方くんはケロッとした顔でうなずく。

「んー、まぁ。なんか俺さ、髪切ってからかな？　前より女子に告られる回数が増えたような気がするんだよね。あ、もちろん全部断ってるけど」

「へ、へぇ……大変だね。って、彼方くん、モテるの自分で自覚してるんだ」

「え？　うん」

謙遜《けんそん》するでもなく、サラッと認めてしまう彼に、ちょっと驚く。

モテる人ってそういうものなのかな？ なんか、うちのお兄ちゃんみたい。

「なーんてね。ははっ」

そしたら彼はイタズラっぽく笑って。

「でも、別にいくらモテても意味ないけどなー。好きな子に好きになってもらえないとさ」

そう言うと、私の机に頬杖をつきながらこちらをじーっと見つめてきたので、思わずドキッとしてしまった。

「えっ！」

好きな子って……。

「雪菜は、前の髪型とどっちが好き？」

顔をのぞきこむようにそう問いかけられて、少しドキドキしながら答える。

「わ、私は、今のほうが爽やかでいいと思うけど……」

「ほんと？ じゃあ、やっぱり切ってよかった」

すると彼は、うれしそうにニコッと笑ったかと思うと、私の髪にそっと触れ、そのまま再び至近距離でじっと見つめてきた。

「雪菜もその髪型、すげー似合ってるよ。今日もめちゃくちゃかわいい」

「……っ」

ちなみに私は最近ずっと髪をハーフアップにしていて、今日もお母さんからもらったあのバレッタをつけている。

彼方くんがこの前拾ってくれたバレッタ。

だけど、彼方くんはこの髪型を気に入っているのか、いつも大げさなくらいに褒めてくれるから、すごく恥ずかしい。

「は、恥ずかしいからやめてっ……」

照れくさくて思わずそう返したら、彼方くんがすかさずたずねてきた。

「あ、もしかして、照れてる？」

「照れてないっ！」

真っ赤な顔で否定する私を見て、彼は楽しそうにクスクス笑う。

「あはは！ ほんと雪菜ってかわいいなー」

こうやって、素直に喜べない私のことを、彼はなぜか「かわいい」と言って笑うんだ。

だから私はいつも、調子が狂ってしまう。

気がついたら、彼のペースに乗せられてしまっている。

彼のストレートな言動に、不覚にもドキドキしている自分がいたりして。

本当にどうしちゃったんだろう、私。

変だよね……。


――キーンコーンカーンコーン。


昼休みを告げるチャイムが鳴ると、教室が途端に騒がしくなる。

みんなお昼を食べようと誘い合ったり、学食や購買《こうばい》へ向かうため教室を出て行ったり。


そんな中、私はちょっとしたピンチに陥《おちい》っていた。

カバンの中から取り出したお弁当を手に持ち、席でボーッと立ち尽くす。

実は、今日は璃子が風邪で学校を休んでいるんだ。

昼休みはいつも、璃子とふたりで学食に行くか、教室や中庭で一緒に食べている私。

だから、璃子が休みとなると、一緒に食べる人がいなくなってしまう。

別にクラスに溶けこめていないというわけではないけれど、このクラスになってからは、璃子以外に特別仲のいい友達がまだいないので、急に誰かを誘おうにも、相手が見つからない。

それに人見知りなため、自分から声をかけることもなかなかできなくて……。

そもそもうちのクラスの女子は教室で食べる子があまりいない。お昼になるとぞろぞろと教室から出て行ってしまうので、気がついたら教室に残っている女子がほとんどいなくなっていて、どうしようか一瞬途方に暮れてしまった。

まぁいっか。今日はどこか人のいない場所でひとりで食べよう。

お弁当を手に持ってひとり教室をあとにする。

購買を通り過ぎ、渡り廊下から中庭をのぞくと、今日は思ったほど人がいなくて、わりと静かだった。

私はここで食べようと思い、隅《すみ》っこの木陰《こかげ》にあるベンチに腰かける。

膝《ひざ》の上にランチョンマットを広げ、お弁当のふたを開ける。

今朝時間がない中で、急いで自分で作ったお弁当。

毎日学食だとお金がかかるし、仕事で朝早いお母さんにお弁当を作ってもらうのも悪いから、ときどき自分で作ってるんだ。

大して凝《こ》ってるわけじゃないし、簡単なおかずばかりだけど、自分ひとりで食べるにはこれで十分な気がする。得意の卵焼きはおいしくできたし。

静かに手を合わせ、心の中で『いただきます』を言って食べ始める私。

だけど、おしゃべりな璃子が隣にいないせいか、妙に静かに感じる。

いつもなら、私が自分から話さなくても璃子が勝手にペラペラとしゃべってくれるのに。

ポツンとひとりで食べるお昼ご飯は、思っていた以上に孤独《こどく》で、なんだかすごくさびしい気持ちになってしまった。

変なの。私ったら、ひとりで過ごすのなんて、慣れてると思ってたのに……。

あらためて璃子の存在のありがたみを実感する。

そういえば璃子、風邪は大丈夫なのかな。あとでメッセージ送ってみようかな。

「ぎゃははは！」

するとそのとき、向こう側の渡り廊下からにぎやかな笑い声が聞こえてきた。

ちらっと目をやるとそこには、楽しそうに会話をする派手な男女のグループが。あれはたしか、一組の人たちだ。

……あっ。

そしたらその中にふと、彼方くんの姿を見つけて。その瞬間、私は思わずドキッとしてしまった。

スタイルがよくて目立つから、遠目に見てもすぐわかる。

容姿が整っているせいか、あきらかにひとりだけオーラが違って見えるし、なんていうかキラキラしてるし、あんな人が私のことを好きだなんて、いまだにウソのようで信じられない。

「マジ今日の購買激戦《げきせん》だったよな〜。売り切れるの早すぎ」

「へへっ。俺、コロッケパン残り一個ゲットしたもんね！」

「それよりねぇ、どこで食べるー？　屋上でいい？」

「いいよ」

彼方くんたちは手に購買の袋を持って会話しながら、こちらに向かって歩いてくる。

その様子はとても仲がよさげでちょっとうらやましい。

やっぱり彼、友達が多いんだ。これからみんなで一緒にお昼を食べるところなんだろうな。

私はひとりでいるのをなんとなく見られたくなくて、気づかれないように下を向いてじっとしていた。

すると次の瞬間……。

「あっ、雪菜！」

思いがけず、彼方くんに名前を呼ばれて心臓が飛び跳ねる。

ウソ。やだ、見つかっちゃった。

彼方くんは私を見つけるとすぐ、うれしそうな顔でこちらに駆け寄ってくる。

そして私をじっと見たかと思うと、不思議そうな表情を浮かべて。

「あれ？　ひとりなの？」

そうたずねてきたので、私は気まずい顔をしながらもうなずいた。

「え、あ……うん。今日はいつも一緒に食べてる友達が風邪で休んでて……」

やっぱり、なんでひとりで食べてるんだろうって思うよね。

「そうなんだ。俺ら今、購買寄ってきたところなんだけど……」

「ねぇ彼方、なにしてんのー？　早くー！」

そこで急に、向こうから彼を呼ぶかわいらしい女の子の声がして。

見ると、茶髪のウェーブヘアの小柄な美少女が、彼方くんのほうを見ながら手招きしていた。

あの子はたしか、鈴森《すずもり》さんだっけ。

彼方くんとよく一緒にいる女の子で、話したことはないけれど、かわいくて目立つから名前は知っている。

「あ、ほらっ。呼んでるよ」

慌てて彼方くんに声をかける私。

すると彼は私に「ちょっと待ってて」と告げると、鈴森さんたちのいるほうへと走っていった。

そしてなにを思ったのか、突然みんなに向かって両手を合わせると、申し訳なさそうな顔をして。

「なぁ、ごめん。俺、やっぱパス！　今日は俺抜きで食いに行ってよ！」

……えっ？

思いがけないことを言いだしたものだから、びっくりして箸《はし》を落としそうになってしまった。

ちょっと待って。なんでみんなに断っちゃうの？

まさか、私と一緒に食べるつもりとか？

もしかして、私がひとりだから……。

「はぁ⁉ ちょっと、なにそれー！　さっき彼方も屋上で一緒に食べるって言ってたじゃん！」

鈴森さんはそんな彼方くんにちょっと怒っている。

「わりぃわりぃ！　ごめんな。俺気まぐれだから。またあとで合流する！」

「もう、彼方のバカーッ！」

彼方くんは鈴森さんに笑いながら「ごめんごめん」と何度も謝ると、そのまま彼女たちに背を向けて私のほうへと再び戻ってきた。

「お待たせっ！　みんなには今話してきた。だから、よかったら俺と一緒に食べよ」

そう声をかけられて、ちょっと複雑な気持ちになる私。

「ちょっ……。そんな、別に私に気を使わなくても大丈夫だからっ。友達のところ行ってきなよ」

遠慮してそう告げると、彼方くんはそのままベンチの隣に腰かけてくる。

そして私の目を見つめクスッと笑うと、おだやかにこう告げた。

「別に気を使ってるんじゃないよ。俺が、少しでも雪菜と一緒にいたいだけだから」

「なっ……」

「それに、ひとりで食べるより、ふたりで食べたほうがおいしいって言うだろ?」

そう言って、優しく微笑む彼方くん。

その言葉を聞いて、やっぱり私がひとりだから気を使ってるんじゃないって内心思ったけれど、正直なところ、ちょっとだけうれしかった。

ひとりのお昼ご飯にさびしさを感じていたのは事実だから。

まさか、彼方くんとふたりで食べることになるなんて思ってもみなかったな。

「それじゃ俺も、いただきまーす」

彼方くんはそうつぶやくと、手に持ったビニール袋からパンを取り出し、さっそく口に頬張る。

私は急に彼が隣に来たのでなんだか照れくさかったけれど、そのまま静かにお弁当を食べ続けた。

男の子とふたりきりでお昼を食べるなんて、いつ以来だろうと思う。

そういえば、陸斗先輩とも何度かお昼休み一緒に食べたことがあったな。もうだいぶ前のことだけど……。

「それ、雪菜の手作り？」

ふいに彼方くんが私のお弁当をのぞきこんで、声をかけてきた。

そんなふうにジロジロ見られたら、なんだか恥ずかしくなる。

「う、うん」

私がうなずくと、なぜか目を輝かせる彼方くん。

「マジで？　すげー、雪菜って料理もできるんだ！　自分で弁当作ってるなんて、えらいな」

「そんなことないよっ。これはほんと手抜きだし、べつに料理が得意なわけじゃないから……」

「いや、十分すごいよ。すげーおいしそうだもん」

大げさに褒められて、ますます恥ずかしくなってくる。

思わず、こんな手抜き弁当じゃなくて、もっと凝ったお弁当を作ればよかったなんて思ってしまった。

「彼方くんはお昼、パンだけなの？」

私がたずねると、コロッケパンを片手にうなずく彼。

「うん。うちの親どっちも働いてて忙しいから、昼は基本学食か購買なんだよね」

「そうなんだ。うちの親もそうだよ。だから、たまに自分でお弁当作ってて」

「へぇ〜、さすがだな。雪菜のそういうところ、尊敬《そんけい》する。俺も料理がんばってみようかなー」

「そんな、尊敬だなんて……」

そこで私が卵焼きを箸で取ろうとしたところ、彼方くんが再びお弁当をじっとのぞきこんできた。

「その卵焼き、おいしそう」

「え？」

そう言われて、ふと思い出す。

あれ？ そういえば、彼方くんの好きな食べ物って、たしか……。

「彼方くん、卵焼き好きなんだっけ？」

「うん、そうだよ。よくわかったな」

「だって、前手紙に書いてあったから」

私が答えると、うれしそうに目をキラキラさせる彼。

「えっ、覚えててくれたんだ！ そうだよ、俺の大好物！」

そんな顔でそんなふうに言われたら、自分で食べるよりも、むしろ彼にあげたほうがいいのかな、みたいな気持ちになってくる。

なんだか食べたそうな顔をしてるようにも見えるし。

いやでも、お弁当のおかずを分けてあげるなんて、そんなことしたら変かな。

うーん……。

「あの……よかったら、一個食べる？」

あれこれ悩んだあげく、結局声をかける私。

そしたら彼方くんは目を大きく見開くと、すごくうれしそうな顔で「マジでっ！

いいの？」と問いかけてきた。

「うん。お口に合うかわからないけど……」

そう言って、箸でつまんだ卵焼きをそっと彼方くんの前に差しだす。

すると彼の顔が、ほんのりと赤くなったのがわかった。

彼方くんが、私の目をチラッと見ながらつぶやく。

「やばい。雪菜に食べさせてもらえるとか、ドキドキしすぎて死にそう……」

「えっ」

言われて初めて、自分が大胆《だいたん》なことをしてしまったことに気がつく。

だけど、今さらだよね。

「じゃあ、いただきます」

彼方くんは照れたようにそう告げると、そのままぱくっとひと口で卵焼きを食べる。

その瞬間、なんだか私のほうまでドキドキしてきてしまった。

私ったら本当、なにやってるんだろう。

自分で自分の行動がよくわからない。

卵焼きを口にした彼方くんは、急に静かになって、そのまま無言で口を押さえる。

その様子を見たら、もしかして口に合わなかったかな、なんて、ちょっと不安になる。

いつもどおり砂糖を入れて甘くしちゃったけど、彼は甘いの好きじゃなかったりして。

だけど数秒後、彼方くんはボソッとひとこと。

「……えっ、超うまい！」

感激したような表情でそう言ってくれたので、少しホッとした。

「ほんと？　よかった」

「うん。今まで食べた卵焼きの中で、一番おいしい」

「えぇっ！　そんな、大げさだよっ」

「いや、マジで」

さすがにそれは、褒めすぎだと思うんだけどな。

彼方くんのほうを振り向くと、彼は口を押さえたまま、うっとりした表情でつぶやく。

「どうしよう、俺。雪菜の手料理食べられるとか、幸せすぎるんだけど」

「えっ……」

「ありがと。これで次の体育もがんばれそう」

はにかんだように笑いながらそう言われて、なんだかとても照れくさい気持ちになった。

本当に彼方くんは、言うことがいちいち大げさなんだ。

まさか卵焼きをあげただけで、こんなに喜んでもらえるとは思わなかったな。

だけど、うれしそうな彼を見ていたら、私まですごくうれしくなってしまう。

お弁当を手作りしてきてよかったかもしれないなんて、そんなことを思っている自分がそこにいた。


五時間目は体育だった。

じりじりと日差しが照りつける午後のグラウンドは、とても暑い。

種目は男女ともにサッカーをすることになっていて、自分チームの一回目の試合を終えた私は、グラウンドの隅っこで見学をしていた。

こんな暑い中でも男子たちの試合は白熱していて、コートの周りを休憩中の女子たちが取り囲んでキャーキャー騒ぎながら応援している。

ちょうど今試合中の男子チームの中には彼方くんの姿もあって、いつもどおりファンの女の子たちから熱い視線を浴びていた。

そんな様子を少し離れた場所からそっと見守る私。

サッカーをしているときの彼方くんは、いつも以上にキラキラしてて、まぶしく感じる。

こうして見てるとたしかにカッコいいし、女の子たちが騒ぐのもわかる気がするなって、私ったらなんで、彼のことばかり見てるんだろう。

「彼方ー！　がんばって～！」

するとそのとき、その見学するギャラリーの中から、ひときわ目立つかわいい声が聞こえてきた。

この声は、鈴森さんだ。

彼女のいるほうに目をやると、プレーする彼方くんに手を振りながら大声で応援している。

あらためて見ると、やっぱりすごくかわいいなぁ……。

華やかで目を引くし、明るいし、彼方くんの隣に並ぶには、ああいう子がぴったりだなって思う。

それなのに、彼方くんはどうして地味で目立たない私なんかに興味を持ってくれたんだろう。

いまだにそこは理解できないな。

——ピーッ！

ホイッスルの音が鳴って、男子チームの試合が終了すると、一部の女子たちが人気のある男子の元へ一斉に駆け寄っていった。

もちろん、彼方くんも例外ではない。

たくさんの女の子たちに取り囲まれている彼を遠目で見ながら、相変わらずすごいなぁと感心してしまう。

彼方くんは自分がモテるのを自覚しているみたいだったけど、あれだけ騒がれたら、自覚せざるを得ないよね。

こうして見ていると、やっぱり住む世界が違うように思えてしまう。

すると、そんなハーレム状態の彼方くんの元に鈴森さんがやってきて、彼の肩をポンとたたくのが見えた。

彼女に話しかけられて、笑顔を向ける彼方くん。

その様子を見ていると、やっぱり鈴森さんは彼にとって、その他大勢の女の子とは違うような感じがする。特別っていうか……。

仲良さげに話すふたりを見て、なんとも言えない気持ちになる。

私ったら、どうして急にふたりのことが気になってるんだろう。変なの。

胸の奥が少しモヤモヤして、なんだか落ち着かなくて。

だけど、気のせいだと思い、ふたりから目をそらそうとしたら、ふとこちらを振り向いた鈴森さんと目が合った。

あっ……。

やだ。ジロジロ見てるって思われたかな。

鈴森さんは私の姿に気がついた途端、急にムッとした表情になる。

そして、次の瞬間見せつけるかのように、突然彼方くんの腕に自分の腕を絡めると、再び私のほうをじっと見てきた。

睨みつけるようなその視線に、胸の奥がぞわっとする。まるで、敵意でも向けられているような感じだ。

なんだろう。私、鈴森さんとはとくに面識はないはずなんだけど……。

もしかして、さっきのお昼休み、彼方くんが私と一緒にお昼を食べたから、そのせいかな?

そう考えると、思い当たる節がないわけではないけれど。

いきなりそんなふうに睨まれて、すごく戸惑ってしまった。

——ジャーッ。

体育の授業が終わったあと、いつものように外の水道でひとり手を洗っていたら、急にうしろから誰かに声をかけられた。

「……ねぇ、市ノ瀬さん、だよね？」

そのかわいい声にドキッとして振り向くと、そこに立っていたのはなんと、先ほど怖い顔で私を見つめてきた鈴森さんだった。そこに彼方くんの姿はない。

「え？　あ、はい」

なんだか急に心臓がドキドキしてくる。

どうして彼女は突然私に話しかけてきたんだろう。

私がおそるおそる答えたら、鈴森さんはムスッとした顔でこんなふうに言った。

「最近、彼方と仲いいみたいだね」

その言葉を聞いて、再び心臓が跳ねる。

同時に、彼女にまで彼方くんと仲がいいと思われていたんだと知って、びっくりした。

「えっ……」

なんて答えたらいいのかわからなくて、口ごもってしまう。

そんな私に向かって、鈴森さんは続ける。

「でもねぇ、言っとくけど、彼方は誰にも本気にならないよ。私、彼方とは小学校からの付き合いなの。だから、彼方のことはなんでも知ってるんだから」

そう言われて初めて、彼女が彼方くんといつも一緒にいる理由がわかったような気がした。

そっか、ふたりは幼なじみだったんだ。だから仲がいいんだ。

「なんか、一部では彼方があなたのことを好きだって噂が流れてるみたいだけど、あんなの本気にしないでね。彼方って気まぐれだから、たまたま今はあなたにちょっと興味があるだけで、すぐに飽きるから」

鈴森さんは腕を組みながら、私の顔をまじまじと見つめてくる。

「彼方が本気で誰かを好きになるなんて、ありえないもん。そんなの今まで一度もなかった。だから、期待しても無駄だよ。それだけあなたに忠告しておきたくて」

「い、いや……別に私は、期待なんて……」

「じゃ、そういうことだから」

そして、そう言い終えたところで満足したのか、少しだけフッと笑うと、組んでいた腕をほどいて背を向けた。

そのままスタスタとその場を去っていく鈴森さん。

私はそのうしろ姿を見つめながら、なんとも言えない気持ちになる。

なんだろう。なぜだか胸の奥がずしんと重たい。

今の、鈴森さんの言ったことが、全部本当なのかはわからないけれど。もしかしたら彼方くんと仲良くしている私に対する苦言《くげん》のようなものなのかもしれないけれど。

だからって、ウソだとも言いきれない。

彼方くんは誰にも本気になんてならない。だから、私のことだって本気じゃない。

ただ気まぐれに、興味本位《きょうみほんい》で近づいてきただけ……。

言われてみれば、そうなのかもしれないとも思う。

私だって、うぬぼれていたつもりはなかったし、彼と友達以上の関係になりたいと思っていたわけでもない。

だけどなぜか、すごく胸がモヤモヤして。

どこかで今の彼女の言葉を『信じたくない』と思っている自分がそこにいた。

ご褒美《ほうび》はデートで

期末テストを十日後に控えた、ある日の放課後。

私は駅までの帰り道を、彼方くんと一緒に歩いていた。

最近は璃子がバイトで一緒に帰れない日が多くて、ひとりで帰ることも多いんだけど、たまにこうして彼方くんに誘われて一緒に帰ることがあるんだ。

友達になったとはいえ、付き合っているわけでもないのに、彼と過ごす時間は確実に増えているような気がする。

「あっ！」

するとそこで急に、隣を歩いていた彼方くんが、声をあげて立ち止まった。

「ん？　どうしたの？」

私が声をかけると、彼は通り沿いのお店に貼られていたポスターを指さす。

「ほら、これ、夏祭りのポスター。今年も夏休みにやるんだって」

言われて見てみたら、たしかにそこには、この地区で毎年行われている夏祭りの日程が書かれていた。

結構大きなお祭りだから、人がたくさん集まるんだ。うちの学校の生徒も、行く人がたくさんいるみたいだし。

「そっかぁ。もうそんな時期なんだね」

私がなにげなくつぶやくと、彼方くんがひょいと顔をのぞきこんでくる。

「雪菜は行くの？」

「うーん、どうだろう。まだなにも考えてない」

せっかくだから、一緒に行く相手がいれば行きたいとも思うけど、璃子はバイト先の先輩を誘うって言ってたし、ほかに誘う人もいないからなぁ。

なんてことをつらつらと考えていたら、彼方くんがニコッと笑う。

「じゃあ、俺と一緒に行くっていうのは？」

「えっ！」

……ちょっと待って。急になにを言いだすんだろう。

「な、なに言ってるのっ。彼方くんは、ほかに一緒に行く友達がたくさんいるでしょ」

さすがにすんなり『いいよ』なんて言えるわけがなく、返事をはぐらかす私。

「ほら、あの、いつも一緒にいる、かわいい幼なじみの子だっているし……」

さらにはそこで鈴森さんの顔が頭に浮かんで、思わず口に出したら、彼方くんは戸惑ったような声をあげた。

「えっ。幼なじみって、もしかして美空のこと？」

「うん」

うなずいたら、彼はクスッと笑うと、再び私の顔をじっとのぞきこんでくる。

「いや、美空はただの幼なじみだから、そういう関係じゃないし。それより俺は、好きな子と一緒に行きたいんだけど……」

その瞬間、そっと彼方くんの手が私の腕に触れて、思わずドキッとする。

どうしてそういうことをサラッと言えてしまうのかな。

そして、そのたびに動揺している自分はいったいなんなんだろう。

夏祭り、かぁ……。

もちろん、私だって行きたいとは思うし、彼方くんに誘われて、正直悪い気はしない。

だけど、ふたりきりで行くなんて、まるでデートみたい。付き合っているわけでもないのに、おかしいよね。

それになんだか、この前鈴森さんに言われた言葉がずっと胸の奥にひっかかってて。

『彼方は誰にも本気にならないよ』

『すぐに飽きるから』

彼女の言うように、彼方くんはただの気まぐれで私に構っているだけなのかもしれないし、噂のとおり実際はチャラ男なのかもしれないし……なんて。どこかでまだ、彼の気持ちを信じ切れていない自分がいて。

そう考えたら、やっぱり『一緒に行く』なんて言えなかった。

「……そ、その前に、彼方くんはテストをがんばらないとダメでしょ。今年から、赤点取った人は夏休みに補習があるみたいだよ」

私が話をそらすかのようにそう告げると、彼方くんはギョッとした顔をする。

「ゲッ、マジで！　補習⁉　そんなのあったっけ？」

「うん。だから、お祭り行きたいんだったら、まずは赤点取らないように勉強したほうがいいんじゃない？」

言われて、みるみるうちに顔色が悪くなっていく彼。

ちなみに彼は、この前の中間テストの数学で、赤点を取ったらしい。

「うわー、マジか。赤点……他人事じゃねぇ」

片手で顔を押さえ、そんなふうにつぶやく彼方くんを見ると、なんだかクスッと笑ってしまいそうになる。

リアクションが大きいところは相変わらずなんだ。

「とりあえず、テスト勉強がんばろうね」

「……うん」

私の言葉に、彼方くんはしみじみとした顔でうなずいた。


「ただいまー」

家に帰り、玄関の靴を確認すると、今日は見知らぬ女物の靴が置かれていなかったので、少しホッとした。

さすがのお兄ちゃんでも、テスト期間は女の子を連れこんだりしないのかな。真面目に勉強してるといいんだけど……。

そう思いながらカバンを持って二階にあがると、突如《とつじょ》お兄ちゃんの部屋からギターの音色が聞こえてきて、思わず眉をひそめる。

お兄ちゃんがギターを弾いてるのはいつものことだけど、テスト期間中くらいやめてほしいなぁ。今から隣の部屋で勉強しようと思ってたのに。

そう思った私は、カバンを部屋に置くと、隣のお兄ちゃんの部屋のドアの前まで行き、コンコンとドアをノックした。

「ちょっと、お兄ちゃん！」

呼びかけるとガチャッとドアが開き、中から制服姿のままのお兄ちゃんが出てくる。

「おお、雪菜、おかえり。帰ってたの？」

「うん、ただいま。ねぇ、それより勉強しなくていいの？　テスト期間でしょ？」

忠告したら、お兄ちゃんはいつものようにヘラヘラ笑いながら答える。

「あーあー、わかってるって。ほんとお前は母さんみたいだなー。それよりさ、俺、新曲作ったから、聴いていけよ」

「はぁっ？　ちょっと……！」

そしていきなり私の肩を抱くと、そのまま強引に部屋の中へ連れて行った。

私を床に座らせると、ベッドの上に座ったお兄ちゃんが、ジャカジャカとギターを奏でながら弾き語りを始める。

お兄ちゃんは自分で作詞作曲もしていて、昔からよくオリジナル曲を作っては、私の前でこんなふうに披露《ひろう》してくれるんだ。

別にお兄ちゃんの作る曲は悪くはないし、年々そのクオリティーが上がっていることはたしかだ。

でも私は正直、歌詞がイマイチだな～と思っていた。

だって、恋愛の歌なのに、あんまり共感できないんだもん。

「……どうよ、今回の新曲」

歌い終えたお兄ちゃんが、ドヤ顔でたずねてくる。

私はいつものように率直《そっちょく》な感想を伝えた。

「メロディーはきれいだと思う。でも、歌詞がちょっと、ベタっていうか……」

「はぁ？　なんでだよ。今回の歌詞は渾身《こんしん》の力作だぜ？　俺的に最強のラブソングができたと思ってたのに。これ歌われたらどんな女も落ちるだろー、絶対」

「えーっ、私はイヤだな……」

「なんだとー？」

渋い顔で否定すると、そんな私の頭をお兄ちゃんが軽くチョップする。

そして彼は、そのまま私の髪の毛をわしゃわしゃとかき乱した。

「ひゃあっ！」

「ったく、お前は相変わらず手厳しいよな～。まぁいいけどさ。お前も小説ばっか読んでないで、そろそろ彼氏のひとりくらいつくれよ」

「わ、わかってるってば～」

私が答えると、お兄ちゃんが私の頭からパッと手を離す。

「クラスにいい感じのヤツとかいないわけ？　ほら、今度夏祭りもあるしさー、たまにはデートくらいしろよ。夏休み彼氏いないとつまんねぇぞ」

夏祭りというタイムリーなワードに、ドキッと心臓が跳ねる。

「い、いないよ。そんな人……」

そんなふうに答えながらも、頭の中では彼方くんのことを思い浮かべてしまった私。

変なの。まるで彼のことを意識してるみたいだ。

「なんだよー、じゃあ、俺の友達でも紹介してやろっかー?」

お兄ちゃんが半分ふざけたように笑いながら聞いてくる。

「えっ、イヤだ。お兄ちゃんの友達だけはイヤっ!」

私はもちろん全力で拒否した。

「なんでだよ〜」

「だって、みんなチャラいんだもん」

「そんなことねぇだろ。チャラくないヤツだっているぜ? だってほら、陸斗なんか爽やかイケメンだぞ……って、アイツは彼女持ちか」

なにげなく出てきた陸斗先輩の名前に、無意識に心が反応する。

だけど、なんだろう。彼の名前を聞いても、前ほどは苦しくない。

少し前までは、名前を聞くのもすごくツラかったはずなのに。

するとお兄ちゃんが、なにか思い出したようにつぶやく。

「あーでも、陸斗のヤツ、最近梓とうまくいってないっぽいんだよね〜」

「えっ、そうなの?」

突然の思いがけない話題に、思わず目を丸くして聞き返してしまった私。

「そうそう。なんか、ギクシャクしてるって聞いたわ。夏祭りまで持つかな〜、アイツら」

「え……」

そうなんだ。いつの間に、そんな……。

陸斗先輩、前に会ったときは、あんなに彼女とラブラブだったのに。どうしたんだろう。

だけど、今さら自分には関係のないことなので、それ以上はなにもお兄ちゃんにたずねたりはしなかった。

「えーっと、たしかここは公式を使って……」

「うん、そうそう」

次の日。朝学校に着いてひとりでテスト勉強をしていたら、さっそくいつものように彼方くんが私の席をたずねてきたので、そのまま一緒に勉強することになった。

私が英語の文法問題を解く横で、彼方くんが数学の問題を解く。そして彼がわからないところを聞いてきたら、教えてあげたりして。

静かだけど、心地よい時間が流れていく。

彼方くんはこう見えて人一倍集中力があって、問題を解いているときはとても真剣だし、静かだ。

しかも、飲みこみが早くて、教えてあげるとわりとすぐに解けるようになる。

だから、実は結構頭がいいんじゃないかなって、最近思っていた。

彼がわかるようになると、私もなんだかうれしいし、一生懸命勉強に取り組んでいる姿を見ると、応援したくなる。

「はーっ、ちょっと休憩！」

問題集をひととおり解き終えた彼方くんが、ぐんと伸びをする。

「お疲れ。最近、だいぶ問題解けるようになったよね」

私が声をかけると、彼は手を伸ばしたままで、こちらに視線を向けた。

「えっ、そうかな？」

「うん。私、彼方くんはやればできるタイプだと思う。こんなにすぐ解けるようになるとは思わなかった」

感心したようにそう告げると、彼方くんはうれしそうに目を見開く。

「マジで？　俺が？」

「うん」

うなずいたら、彼はへへっとはにかんだように笑ってみせた。

その笑顔がなんだか少年みたいでかわいい。

「そんなこと言われたら、すげー照れる。でも、全部雪菜のおかげだよ。雪菜が教えてくれるから、がんばろうって思えるし」

まっすぐな目で見つめられて、少しドキッとしてしまった私。

「そんな、私は別に……」

するとそこで、彼方くんが急にひらめいたような顔をする。

「あっ！　じゃあさ、今度の期末テストでいい順位とったら、俺にご褒美くれない？」

「えっ、ご褒美？」

「うん。そう」

ご褒美って、なんだろう……と思いながら彼方くんを見つめ返すと、彼はそっと私の左手に、自分の右手を重ねてくる。

「夏祭り、俺と一緒に行ってくれませんか」

「えっ？」

突然の申し出に、再び心臓がドクンと跳ねた。

「雪菜とふたりで行きたい。そのためなら俺、テストがんばるから」

そう告げる彼方くんの表情は真剣だ。

だけど、ご褒美って言っても、いったいどういう基準で考えているのかな。

「いい順位って……たとえば何位？」

私が問いかけたら、彼方くんは少し考えてから、こう答えた。

「じゃあ、一〇〇位以内」

うちの学年は全部で三百人近くいるから、一〇〇位以内っていったら、わりといいほうの順位だ。

彼の目標としては、ちょうどいいのかもしれない。

「なるほど。ちなみに前回の中間は何位だったの？」

参考までに聞いてみる。

だけど、そこで返ってきた彼の答えときたら。

「二〇五位」

「……えっ、ウソでしょ！」

あまりにも目標とかけ離れている順位だったので、ギョッとしてしまった。

二〇五位って……。それでいきなり今回一〇〇位以内なんて取れるのかな。

たしかに彼方くん、最近数学は格段にできるようになったと思うけれど、百も順位をあげるなんて、私でも無理だよ。

「ほ、本気で言ってるの……？」

確認するようにおそるおそる問いかけると、即座に「うん」とうなずく彼。

「たしかに俺、前回はちょっと勉強サボってたから順位悪かったけど、今回はマジ死ぬ気でがんばるから」

そう言われて考える。

正直達成はちょっと難しいと思うけれど、がんばろうとしている彼の意志を無駄にはしたくないし、できればテストをがんばってほしい。

私だって、彼と一緒にお祭りに行くのがイヤなわけじゃないし。

そんな彼がここまでして、私と一緒に行きたいって言うなら……。

「わかった。ほんとに一〇〇位以内に入れたら、いいよ」

あれこれ考えた挙句、少し戸惑いながらもOKすることにした。

「マジで？ よっしゃ！」

その瞬間、ガッツポーズをして喜ぶ彼方くん。

そんなに大げさに喜んでくれるなんて。

でも、よくよく考えたらこれって、デートの誘いってことだよね？

そう考えるとなんだか急にドキドキしてくる。

まだ彼が本当に一〇〇位以内を達成できるかどうかもわからないのに、ふたりきりで出かけることを想像したら、そわそわして落ち着かない気持ちになった。

「えーっ！ じゃあ、デートの約束したの⁉」

翌日のお昼休み。学食から教室に戻る途中で、璃子に彼方くんとの夏祭りの約束の件を話した私。

そしたら案の定、彼女は目を丸くして驚いていた。

「いや、まだ、本当に行くって約束したわけじゃないよ。一〇〇位以内に入れたらいよって言っただけで。しかも前回の順位聞いたら一〇〇位よりだいぶ下だったから、そんなに簡単に入れるかどうかは……」

「えー、でも、わかんないよー？　雪菜とのデートのためなら本気でがんばっちゃうかもしれないじゃん」

「うーん」

「それに、無謀《むぼう》な順位だったとはいえ、雪菜もOKしたってことは、彼方くんと一緒にお祭りに行ってもいいって思ったってことでしょ？」

突然璃子に思わぬことを聞かれて、ドキッとする。

「そ、それはっ……」

「それって、まんざらでもないってことじゃん？　私はそれがすごくうれしいけどな～。さすがの雪菜も彼方くんの熱烈《ねつれつ》なアプローチに心が動いちゃったわけだね！」

からかうようにそう言われて、言葉に詰まる私。

「そういうわけじゃ……」

だけど、璃子の言うことも、あながち間違いではない。

彼方くんとお祭りに行ってもいいって思ったのは本当だし、最近自分の中で、彼の存在がどんどん大きくなってきているような気がするのも事実だから。

でも、そんなこと言えないしなぁ……。

「またまたー、照れちゃって！　素直に認めなよ～。私は雪菜には彼方くんみたいなタイプ、ぴったりだと思うんだけどな～」

璃子が私の肩をポンとたたく。

「えぇっ、そう？　なんで？」

「だってなんか、彼方くんと一緒にいるときの雪菜楽しそうだし、いい感じのムード漂ってるよ」

楽しそう……。そうなの？

私、彼方くんといるとき、楽しそうにしてるのかな。

そんなことを考えながら廊下を歩いていたら、ふと璃子がなにか気がついたように声をあげた。

「あ、ちょうど一組の教室まで来たから、ついでに彼方くんどうしてるかのぞいてみない？」

言われてすぐ横を見てみたら、いつの間にか一組の教室の前までたどり着いていた。

璃子はさっそく窓から中をのぞくと、彼方くんの姿を探し始める。つられるようにして、私もその横からそっと中をのぞく。

すると、彼方くんは珍しく自分の席についていて、ひとりで黙々と勉強しているところだった。

しかもなぜか、眼鏡をかけて、耳にはイヤホンをつけている。

あれ？　彼方くん、眼鏡なんてしてたっけ？

「あ、いたいた！　……って、なにあれ！　なんか眼鏡かけてるよ。すごい真面目に勉強してるっぽいんだけど！」

「ほ、ほんとだ」

璃子も眼鏡姿の彼方くんを見て驚いている。

「やだ、眼鏡かけてる姿もカッコいいじゃん！　意外と似合う〜」

うっとりした様子で見つめる璃子の横で、自分もまじまじとその姿を見つめてしまう。

たしかに彼、眼鏡も似合ってる。というか、元から顔がきれいだから、なんでも似合うんだろうけど。

それにしても、言葉どおり本当にがんばってるんだ。こんなふうにお昼休みまで勉強してるなんて思わなかったな。

するとそこで、彼方くんの元に鈴森さんがササッと駆け寄ってきて、彼に声をかけるのが見えた。

「ねぇ、彼方ー、ちょっとは休憩したら？　なんで今回はそんなに必死で勉強してるわけー？」

高くてよく通る声は、こちらまで聞こえてくる。

「彼方ってば、聞いてる？」

だけど、イヤホンをつけているせいか、その声に彼方くんは気がついていないみたいで。途端にムッとした顔になる彼女。

「もう、彼方ったら〜！」

だけどそこで鈴森さんが彼に手を伸ばそうとした瞬間、すぐうしろから彼女の腕を背の高い男の子がギュッと掴んだ。

「おい、美空」

彼はたしか、彼方くんといつも一緒にいる友達のひとりで、黒澤《くろさわ》くんとかいう人だ。

「せっかく彼方が真面目にがんばってんだから邪魔すんなよ。お前もテストやばいんだから勉強しろ」

黒澤くんに注意された鈴森さんは、頬を膨らませ言い返す。

「ぶーっ！　なによーっ、環は関係ないでしょ！」

「関係あんだよ。俺は彼方を応援してんだから。とにかく今は邪魔すんな」

「ちょっと……！」

そして黒澤くんはそのまま強引に鈴森さんをその場から連れ去っていったので、結局彼方くんは鈴森さんに声をかけられたことに気づかないままだった。

イヤホンで音楽を聴いているとはいえ、すごく集中してるんだなぁ。

「彼方くん、すごいね。雪菜との約束のためにがんばってるみたいじゃん」

璃子に声をかけられ、ちょっぴり照れくさい気持ちになる。

それになんだろう。一生懸命がんばっている彼の姿を見たら、少しうれしくて。

「一〇〇位以内、とれるといいね」

璃子の言葉に思わず、「うん」なんてうなずいてしまった自分がいた。


「雪菜っ」

期末テストを二日後に控えたある日の放課後のこと。私が帰りの支度をしていたら、突然彼方くんが現れて、声をかけてきた。

「悪いけど、このあとちょっとだけ時間ある？　数学でわかんないとこあるから、教えてほしいんだけど」

彼はここ最近勉強に打ちこんでいたのか、うちの教室をたずねてくることもなかったから、話すのは数日ぶりだ。

「あ、うん。別にいいよ」

私がうなずいたら、彼方くんはホッとしたように笑った。

「マジで。ありがと」

だけど、その顔はなんだか少し疲れているようで。

よく見ると、目元にクマができているし、もしかして、寝不足なのかも、なんて思う。

夜遅くまで勉強がんばってたのかな?

「ねぇ、彼方くん……」

「ん?」

「夜、ちゃんと寝てる?」

心配になってたずねてみたら、彼は一瞬驚いた顔をしていたけれど、すぐにははっと笑いながら答えた。

「えっ、寝てるよ、もちろん。俺、よく寝るタイプだから」

「ほんとに?」

「うん、ほんとだって」

そうは見えないんだけどなぁ。

「でも、顔にクマできてる」

私が疑うような顔で指摘すると、ドキッとしたような表情をする彼。

「ははっ、気のせいだろ」

なんて、はぐらかされてしまったけれど、その顔は絶対無理してるんだろうなと思った。

そんな彼を見ていたら、つい世話焼きな性格が出てしまう。

「あの、勉強がんばるのはいいけど、ちゃんと睡眠《すいみん》も取ってね。体調崩したらテスト受けられないよ」

そっと彼の腕に手をかけ、忠告するようにそう告げたら、彼方くんは目を見開いて、照れたように顔を赤くする。

それから上目使いで私の顔をじっとのぞきこんできた。

「それは、俺のこと心配してくれてるの？」

「えっ……。いや、うん。まぁ」

否定するわけにもいかなくて、私が小声でうなずいたら、彼方くんはクスッとうれしそうに笑う。

「雪菜のそういうとこ、好き」

「なっ……」

相変わらずストレートな彼の発言に、思わず心臓がドキンと跳ねた。

どうしてそういうことをサラッと言えてしまうのかな。

「そ、それより、教えてほしいところあるんでしょ。早く勉強しようよ」

照れくさい気持ちを隠すように彼に背を向け、カバンを持って歩きだす。

そのまま私と彼方くんは、一緒に図書室へと向かった。


図書室に着くと、さすがテスト前なだけあって、テスト勉強をする生徒たちでいっぱいだった。

私と彼方くんは、たまたま空いていた一番奥の席に、隣り合わせに座って勉強することに。

彼方くんはさっそく数学の問題集を広げると、わからないところを私に聞いてきた。

「これ。この六番の問題がどうしてもわかんなくてさ」

「あぁ。えっと、これは……」

ルーズリーフを取り出して、解き方を丁寧に解説する。こうしているとなんだか、彼の家庭教師みたいだ。

でも、数学はわりと得意なほうだし、教えること自体は苦ではないので、彼にこうやって頼られるのも、決して悪い気はしなかった。

彼方くんは私の説明で理解したのか、その後自分で問題を解けたみたいでホッとする。

こうして見ていると、やっぱりすごくできるようになったんだなって思う。

初めて数学を教えてあげたときは、簡単な問題も解けなくて、こっちが心配になるくらいだったのに。

この短期間できっと、すごく努力したんだろうなぁ。私もがんばらなくちゃ。

そう思って、自分も問題集を取り出しテスト勉強を始める。

本の匂いがする静かな図書室の中は、やっぱりとても集中できたし、勉強がはかどった。

そのまま黙々と三十分ほど問題を解き続けたところで、ふぅっと一呼吸置く。

そういえば彼方くん、さっきからやけに静かだけど、まだがんばってるのかな。

気になって、隣を振り向く私。

すると、そのとき視界に飛びこんできたのはなんと……シャーペンを片手に持ちながら、机に寝そべるようにして眠っている彼方くんの姿だった。

え、ウソ……。

どうやら問題を解いている途中で眠ってしまったみたい。

顔にクマができてるのを見つけたときから心配だったけど、やっぱり寝不足だったんだ。

彼方くんは、スースーと気持ちよさそうに寝息を立てながら眠っている。

その無防備な寝顔はなんだか子供みたいで、すごくかわいい。見ていたら、思わず頬がゆるんでしまう。

それにしても、本当にきれいな顔をしてるなぁ。茶色い髪の毛はクセがなくてサラサラだし、肌もすべすべで、まつ毛も長くて、女の子みたい。

耳にはよく見るとピアスの穴が開いているけれど、そういえば最近はつけているところを見ないな。

私があのときチャラいなんて言ったせいなのかな……。

なんて、あれこれ考えながら彼のことをじっと観察する私。

するとそこで、彼の手の下敷きになっていたノートになんとなく目がいった。

すごくたくさん書きこんであるけど、これ全部、今回のテスト勉強でやったところなのかな。

なんだかとても気になってしまい、悪いなとは思いつつも、そっとノートを手に取り、中のページをぱらぱらとめくってみる。

すると、そこには今回のテスト範囲の問題を解いた跡がたくさんあって。それを見たら、彼が同じところを何度も繰り返し復習していたことがわかり、ひどく驚いた。

すごい……。こんなに勉強したの？

死ぬ気でがんばるなんて言ってたけど、本当に必死で勉強してるんだ。

そこまでして、私と一緒にお祭りに行きたいと思ってくれてるのかな……。

そう思ったらなんだか胸が熱くなる。

どうして彼はこんなにも、私のために一生懸命になってくれるんだろう。

すやすやと寝息を立てる彼方くんを見つめながら、どうか、彼の努力が報《むく》われてほしいと、心からそう願った。


それから数日……。

三日間に及んだ期末テストが無事終了すると、教室がまた一気ににぎやかさを取り戻した。

テストの答案《とうあん》も次々と返却され、今日はついに学年順位が発表される日だ。

帰りのSHRにて、担任の先生が、教科ごとの点数や総合点や順位が書かれた紙をひとりひとりに配る。

私は全教科でそこそこいい点数を取ることができて、さらには中間よりも少し順位が上がっていたので、見た瞬間ホッとした。

だけど、なんだかそわそわして落ち着かない。いい点数を取れたのは、もちろんうれしいけれど。

正直に言うと、それ以上に彼方くんの順位がどうだったのか気になっていた。

たしか、一〇〇位以内に入ったらっていう約束だったよね。

彼がものすごくがんばってたのは知ってるけど、かなり無謀な挑戦だったから、心配だな。

あれだけがんばって達成できなかったら、絶対ショックだろうし……。

って、私ったらなんで、彼方くんの順位の心配ばっかりしてるんだろう。

ホームルームが終わって帰りの支度をしていたら、ふと教室の入り口から誰かに大声で名前を呼ばれた。

「雪菜っ！」

その声にハッとして振り向くと、そこにいたのは、彼方くん。

いろんな意味でドキッとしてしまう。

彼方くんはなんとも言えない表情のまま、私の元まで歩いてくる。

その手には、テスト結果の書かれた紙が握られている。

いったい何位だったんだろう。

「テスト……どうだった？」

私がおそるおそるたずねたら、彼はひどく緊張した様子で、こう答えた。

「それがさ、実は俺、怖くてまだ順位見てないんだ。一緒に見ようと思って持ってきた」

「えっ」

そうだったんだ。

じゃあ、まだ結果がどうなったのかわからないってことだよね？

「だから雪菜、ちょっとこっち来て」

彼方くんが私の手を引いて、教室の外へと連れて行く。

そして、そのまま私たちは、人けのない廊下の隅っこの階段の前までやってきた。

階段の段差にふたり並んで腰かけると、彼方くんがふたつに折られた順位の紙を、目の前に差しだす。

そして、何度か深呼吸したのち、私の目を見てこう告げた。

「よしっ。今から、結果発表します」

そう言われて、なんだか私までひどく緊張してくる。

「う、うん」

「やばい。生きた心地がしねぇ……。たぶん俺、受験の合格発表より緊張してる気がする」

「ウソでしょ。そんなに？」

「うん。マジ」

そんな会話をしながら、彼方くんがそっと紙を開くのを、祈るような気持ちで見守る。

ドキドキと脈打つ心臓。

すると次の瞬間、その目に飛びこんできたのは……。

〝学年順位一〇〇位〟の文字だった。

「えぇぇ～っ⁉」

見た瞬間、彼方くんが目をギョッとさせ、大声で叫ぶ。

「ウソッ！」

私も驚きのあまり、大きな声が出る。

すごい。ほんとに一〇〇位以内に入っちゃうなんて……。

「し、信じらんねぇ。ウソだろ……。ギリギリ入れた」

片手で顔を押さえながら、感激する彼方くん。その隣で、心底ホッとした気持ちになる私。

「すごいよ、彼方くん。おめでとう！」

思わず声をかけたら、彼方くんはこちらを向いて満面の笑みを浮かべた。

「ありがと。すっげぇうれしい」

そんな彼を見て、自分まですごくうれしい気持ちになる。

必死の努力が報われて、本当によかったなぁ。

「それにしても、超ミラクルだよな。まさか、ほんとに入れるとは思ってなかった」

彼方くんはいまだにその結果が信じられないと言った様子で、何度も順位の紙を見返している。

「私もびっくりした。でも、彼方くんががんばってたもんね。努力の成果だよ」

私がそう言って微笑んだら、彼は一瞬ポッと頬を赤く染めて、それから私の名前を呼んだ。

「雪菜」

「ん？」

彼方くんが、そっと私の顔をのぞきこんでくる。

「じゃあ、あの約束……本当にいいんだよな？」

その言葉に、ドキッと跳ねる心臓。

そうだ私、彼と約束してたんだ。

「夏祭り、俺と一緒に行ってくれる？」

あらためてそう聞かれて、なんだかちょっと照れくさい気持ちになったけれど、私はコクリとうなずいた。

「うん、いいよ」

すると次の瞬間、彼方くんがうれしそうにガッツポーズを決める。

「やった!!」

その姿を見て、思わず顔がほころぶ。

それにしても私ったら、最初誘われたときは戸惑っていたはずなのに、不思議だな。

今ではむしろ、一緒に行けることになってよかったなんて思ってる。

だって、彼方くんが私とお祭りに行くために、こんなにがんばってくれるなんて思わなかったから。

自分のために一生懸命になってくれる彼を見ていたら、やっぱりうれしかったから。

「あ、あとさ、もう一個だけ俺からお願いしてもいい？」

そこで彼方くんが、急に思いついたようにたずねてきた。

「なに？」

私が問いかけると、少し照れたように話す彼。

「できれば当日、浴衣《ゆかた》で来てほしいんだけど」

「えっ……」

「雪菜の浴衣姿が見たい」

思いがけないことを言われて、一瞬考える。

そっか。夏祭りだから、浴衣で行くっていう選択肢《せんたくし》もあるんだ。

どうしよう。ちょっと恥ずかしいけど、ほかに着る機会もないし、せっかくだから着ていこうかな。

「……わ、わかった。いいよ」

私がうなずくと、再びガッツポーズを決める彼方くん。

「マジで！　超楽しみ‼」

そんなに喜んでくれるなんて。

でもこれ、よく考えたらデートの約束なんだよね？

そう考えるとやっぱりドキドキするな……。

だけど、心のどこかでそれを楽しみにしている自分がいた。

信じてもいいかな

期末テストが無事終わり、ホッとしたのもつかの間、そのままあっという間に夏休みに突入した。

私は読書をしたり、学校の課題をこなしたりしながら、毎日を家でゆったりと過ごす。

お兄ちゃんは出かけてばかりで、基本家にいない人なので、ひとりの時間が一気に増えた。

だけど、元からひとりでいるのが好きな自分は、とくにさびしいなんて感じない。

それはたぶん、スマホに毎日メッセージが届くせいでもあるんだろうけど……。

彼方くんとお祭りに行く約束をしたあの日、当日の待ち合わせのために彼と連絡先を交換することになり、それ以来、彼方くんからは毎日のようにメッセージが送られてくるようになった。

【今日はなにしてた?】とか、【この本がおもしろかった】とか、ちょっとしたやり取りだけど、たぶん璃子以上に連絡を取っているような気がする。

なんだか友達というより、付き合っているみたいで変な感じだけど、正直なところ、まんざらでもなかった。

彼方くんとやり取りしていると、不思議と気持ちが明るくなる。

彼はとにかくお祭りをすごく楽しみにしてくれているみたいで、私もその日が近づくほどに、なんだかそわそわしていた。


そして迎えた夏祭り当日。

私は彼方くんと約束したとおり、浴衣を着て行くことにした。

紺色の生地にピンクの花柄がプリントされたお気に入りの浴衣を自分で着つけ、一生懸命髪型をセットし、いつもより念入りにメイクをして。

髪型にもメイクにも、なんだかやけに気合いが入ってしまう。

男の子とふたりきりで出かけるなんて久しぶりなので、今さらのように緊張してくる。

鏡で何度も自分の姿を確認してから、慣れない下駄を履いて、ドキドキしながら待ち合わせ場所に向かった。

約束時間の五分前、ようやくお祭り会場の最寄駅に到着すると、駅前の広場はお祭りに来たと思われる人であふれかえっていて、すぐには彼方くんのことを見つけられそうになかった。

すごい人だな。彼方くん、もう来てるかな。

キョロキョロとあたりを見回しながら、彼の姿を探す。

すると、ふと目にした先に、ひとりの男の子が女の子数人に囲まれている様子が見えて。誰かと思ったらなんと、それが彼方くんだった。

私服姿だったから一瞬わからなかったけど、やっぱり彼の容姿は人一倍目を引く。

私服だと、ますますイケメンに見えるのは気のせいかな。

周りにいる女の子たちは、知り合いなのかな。それとも知らない人？

声をかけたいと思いながらも、その人たちがいる手前、なかなか話しかけることができない。

どうしよう……。

困った顔でその場に立ち尽くす私。

すると次の瞬間、彼方くんがそんな私の存在に気がついたらしく、手を振りながら大声で名前を呼んだ。

「雪菜っ！」

すぐさま女の子たちの輪を抜けだして、私の元へと駆け寄ってくる彼。

「よかった。ちゃんと会えた」

その表情は、なんだかとてもうれしそう。

でも、私も無事に会うことができて、内心ホッとしていた。

「お、お待たせ。ごめんね、待った？」

少し照れながら声をかけたら、彼方くんはにっこり笑って答える。

「いや、大丈夫。俺が早く着きすぎただけだから」

「えっ、何分前に着いてたの？」

「うーん、三十分前くらい？」

「えぇっ！　そんなに早く？」

信じられない。この暑い中、三十分もここで待ってたなんて。

「だって、待ちきれなくて。少しでも早く雪菜に会いたかったから」

はにかみながらそう言われて、ドキッと心臓が跳ねる。

どうしてそういうことをサラッと口にしてしまえるのかな。

だけど、それだけ楽しみにしてくれてたんだと思ったら、やっぱりうれしかった。

「……あ、ありがとう。ごめんね、待たせちゃって。そういえば、さっきそこにいた女の子たちは、知り合い？」

謝るついでに気になっていたことを聞いてみる。

すると彼は、ケロッとした顔で否定した。

「いや、全然知らない人。俺が待ってたら、なんか声かけてきてさ」

「そうだったんだ」

それを聞いて、やっぱり彼はどこへ行ってもモテるんだなぁと感心してしまう。

そしたら彼方くんが急に、私のことを上から下までじーっと見つめてきて。

いきなりどうしたんだろう、なんて思ってたら、彼は頬をほんのり赤く染めたかと思うと、口元に手を当てながらつぶやいた。

「っていうか、やばい……。想像以上なんだけど。雪菜の浴衣姿」

「えっ？」

「かわいすぎて、直視できない」

思いがけないことを言われ、かぁっと顔が熱くなる。

「な、なに言ってるのっ……。それは褒めすぎだよ」

私が照れながら謙遜すると、彼方くんが感激したように言う。

「いや、マジでそう思ってる。ほんとに着てきてくれたんだ。うれしい」

「だって、約束したから……」

「ありがとな」

うれしそうに笑う彼を見て、なんだかわけもなくドキドキしてしまう。

こんなに喜んでもらえるなんて、思わなかったな。

「それじゃ、行こっか」

彼方くんがそう言って、ゆっくりと歩きだす。

私はそれについて自分も歩きだした。


お祭りの屋台が並ぶメインの大通りまでやってくると、駅前よりもさらに人がいっぱいで、かなり混雑していた。

「ほ、ほんとだね……」

「うわ、すっげぇ人」

家族連れからカップルまで、たくさんの人でにぎわっている。

はぐれてしまわないように気をつけながら、彼方くんの隣を歩く。

道路の両脇には、わたあめにクレープ、焼きそばやフランクフルトなど、いろんな食べ物の屋台があって、前を通るたびいい匂いが漂ってくる。

キョロキョロしながら歩いていたら、彼方くんがふいにこちらを向き、声をかけてきた。

「雪菜はなにか食べたいのある？」

「えっ。うーん……私は、なんでもいいよ」

こういうとき、『なんでもいい』って答えるのはよくないのかもしれないけど、正直なところ慣れないデートという状況に緊張しているせいか、あまりお腹がすかない。

男の子とお祭りに来ること自体初めてだから、どうしていいかもわからなくて。

そしたらそんな私の気持ちを読み取ったかのように、彼方くんがフッと優しく微笑みながら言った。

「あ、でもまだそんなにお腹すいてないか。それじゃ、先に射的とかのゲームで遊ぼっか」

そんな彼の提案に、私はコクリとうなずく。

それにしても、彼方くんって本当に相手に気を使わせない人だなと思う。

自分から気さくに話しかけてきてくれるから、あまり会話に困ることもないし。

こういうところも、彼がモテる理由なんだろうなと思う。

まぁきっと、女の子とデートするのに慣れてるっていうのもあるんだろうけど……。

今まで何人の子と、こんなふうにデートしてきたのかな。

なんて、余計なことをあれこれ考えていたら、そのとき、向こう側から高校生らしき派手な男女のグループが歩いてくるのが見えて。突然その中のひとりが、こちらを指さしながら叫んだ。

「わぁっ、ちょっとあれ、彼方じゃん！」

「あ、ほんとだ！」

その言葉にドキッとして、よくよく彼らのことを見てみたら、なんとそこにいたのは彼方くんがいつも一緒につるんでいるクラスメイトたちで。その中には鈴森さんの姿もある。

それに気がついた瞬間、なんとも言えない気まずい気持ちになった。

どうしよう……。彼方くんとデートしてるところを見られちゃった。彼女、なんて思うかな。

「おぉ、圭介！　それにみんなも！」

彼方くんが明るく声をかけ、彼らのほうへと駆け寄っていく。

すると、先ほど大声で叫んでいた圭介くんという人が、ニヤニヤしながら彼方くんを軽く小突いた。

「おいおい～、なんだよお前、『先約がある』とか言うからなにかと思ったら、ちゃっかり女子とデートしてんじゃねぇかよ～」

冷やかすように言われて、ちょっと照れたような顔で笑う彼方くん。

「はは、わりぃわりぃ」

「このモテ男が！　聞いてねぇぞ。いつの間に女できたんだよ」

「いや、まだそういうのじゃねぇよ」

「ウソつけ～！」

そんなやり取りをしているふたりのすぐうしろで、ポカンと口をあけながら突っ立っている鈴森さん。

彼女は浴衣姿でメイクもバッチリ決めて、相変わらずとてもかわいいけれど、その表情はひどくショックを受けているような感じで。私と彼方くんが一緒にいることをいまだに受け入れられていないとでもいった様子だ。

それを見て、私はますます気まずい気持ちになってしまった。

どうしよう。なんだかこの場に居づらい……。

彼方くんと付き合っているわけでもないから、なんとなくうしろめたいし。

彼方くんは、圭介くんやその仲間と楽しそうにワイワイ話している。

鈴森さんは一瞬私をジロッと見たあと、すぐ自分も彼方くんたちとの会話に加わっていった。私はなんともいえない疎外感《そがい》から、思わずあとずさりしてしまう。

一歩ずつ、一歩ずつ、距離を置くように離れていって……。

すると、その間にも人が前からうしろからどんどん流れてきて、その流れに押し流されて、気がついたら彼方くんたちがいるところから少し離れた場所まで来てしまった。

さすがにこれはまずいなと思い、引き返そうとする私。

すると次の瞬間、いきなり誰かにギュッと手を掴まれた。

「ねぇねぇ、キミひとりなの？」

ハッとして振り返ると、そこにいたのは、背の高い大学生くらいの男の人で。その隣には友人らしき男がもうひとりいる。

どちらも髪を明るく染めていて、見た目からしてすごくチャラそう。

思わず顔をしかめたら、男が手を掴《つか》んだままニヤニヤした顔で聞いてきた。

「浴衣、かわいいね～。よかったら俺らとデートしない？」

「えっ……」

「女子高生かな？　いいね、俺、こういう清楚系の子大好き」

まさか、こんなタイミングでナンパされるとは思わなくてびっくりする。

戸惑いながらも即行で断りを入れる私。

「け、結構ですっ」

だけど、男は手を離してはくれなくて。

「そんなこと言わずにさぁ。なんでも好きなものおごってあげるよ」

「そうそう。俺らと楽しくやろうよ～」

しつこく言い寄ってきたので、なんだか急に怖くなってきてしまった。

「い、イヤですっ。離してください！」

必死で男の手を振り払おうとするけれど、力が強くてかなわない。

男たちは抵抗する私を見て、おもしろがったようにますますニヤニヤしながら言い寄ってくる。

「だーかーらー、そんな警戒すんなって」

「いいからおいで。ちょっと一緒にブラブラするだけだから」

「イヤッ……」

どうしよう。どうしてこんなにしつこいんだろう。

私は彼方くんとはぐれてしまったことに対する焦りもあって、今にも泣きだしそうな気持ちだった。

そういえば、彼方くんは今どうしてるのかな。私がいなくなったことに気がついてるのかな。

それともまだ、友達と話してるかな？

せっかくこれから一緒にお祭りを回ろうと思ってたところだったのに……。

「ねぇ、離してっ」

男たちにグイグイと手を引っ張られながら、今さらのように彼のそばを離れたことを後悔する。

すると、そのとき急にうしろから、誰かにガシッと腕《うで》を捕まえられた。

「なにやってんだ！　離せよっ！」

えっ……？

聞き覚えのあるその声にドキッとして振り返ると、そこにいたのは、まさかの彼方くんで。その姿を見た瞬間、心の底からホッとしてしまった。

「彼方くんっ……！」

しかも彼、額には汗をかいていて、息も少し切れているみたい。

もしかして、私のことを必死で探してくれたのかな？

「は？　誰だよお前」

ナンパ男はそこでようやく私の手を離したかと思うと、彼方くんを睨みつけながら問いかける。

すると彼方くんは、そのまま片腕で私の体を自分のほうに抱きよせると、男を睨み返しながらこう言った。

「この子の彼氏だよ！　人の大事な彼女に触んな！」

その言葉に、再び心臓がドキッと跳ねる。

ウソ。今、彼女って……。

「はぁ？　彼氏？」

「なんだよ、彼氏いたの？」

それを聞いて、しらけたような顔をする男たち。

「そうだよ。だから、ナンパするならほか当たってくれる？」

彼方くんが強めの口調で返すと、男たちは顔を見合わせ、チッと舌打ちをする。

「ケッ、クソガキが。勝手にやってろ」

そして、そんなふうに捨てゼリフを吐くと、すぐに背を向けてその場を去っていった。

その様子を見て、胸をなでおろす私。

よかった……。

なんだか急に力が抜けてしまう。

彼方くんはそこでサッと腕を離すと、向かい合うように私の前に立ち、今度は私の両肩を手で掴むと、顔をのぞきこんでくる。

「雪菜、大丈夫だったか⁉ アイツらになにか変なことされてないよな？」

「あ、うん……っ。なにもされてないよ」

私がうなずくと、彼方くんはホッとしたように息を吐きだした。

「はぁ、無事でよかった……。急にいなくなったから、すげぇ焦った」

そんな彼の様子から、すごく心配してくれていたのが伝わってきて、申し訳ない気持ちになる。

「ご、ごめんね。私が勝手に離れちゃったから……」

「いや、俺が圭介たちといつまでも話してたのが悪いんだし。怖い思いさせてごめんな。あと、とっさに彼氏とか言っちゃってごめん」

はぐれてしまったのは私のせいなのに、まるで自分が悪いかのように謝ってくれる彼。

「ううん、大丈夫だよ。助けてくれて本当にありがとう」

素直にお礼を言ったら、彼方くんの顔が少しポッと赤くなった。

そのまま彼は、なにか考えこんだように数秒間黙りこむ。

そして、私の目をじっと見つめてきたかと思うと、ボソッとひとことつぶやいた。

「……やっぱり、手つなごっか」

「えっ！」

突然思いがけないことを言われてドキッとする。

ちょっと待って。どうしたんだろう、急に。

「だって、またはぐれたら怖いし、さっきみたいに雪菜のこと、ほかの男に狙われたらイヤだから。ただでさえ雪菜、こんなかわいいカッコしてんのに」

彼方くんがそう言って、私の浴衣に目をやる。

「べ、別にそんな、大したことないよっ……」

照れくさくて思わず謙遜したら、彼方くんが真顔で言い返してきた。

「なに言ってんだよ。そんなわけないだろ。どこをどう見たって、雪菜が一番かわいい」

「……なっ！　なに言ってるの。褒めすぎだよっ」

本当にもう、この人は、どうして私なんかのことを、こんなにもベタ褒めしてくれるんだろう。

真っ赤な顔でうろたえていたら、彼方くんが「本心だよ」と言って、私の顔をじっとのぞきこんでくる。

「ただでさえ俺、今日会ったときからずっとドキドキしっぱなしなのに。ほかの男までドキドキさせないでよ」

「……っ」

少し悔しそうな表情でそんなふうに言われて、私のほうが逆にドキドキしてしまった。

なんだかもう、恥ずかしいのか、うれしいのか、よくわからない。

なんなの、この気持ち……。

「手、つないでもいい？」

彼方くんが、上目使いで問いかけてくる。

こんな状況でそんなふうに言われたら、断れない。

「……う、うん」

観念したように私がうなずいたら、次の瞬間彼の手が、私の手を優しく包みこんだ。

再びドキンと脈を打つ心臓。

どうしよう。すごく恥ずかしい。手をつなぐのが、こんなにも照れるだなんて思わなかった。

でもこんなのきっと、彼方くんは慣れてるから平気なんだろうな。

そう思って、隣にいる彼の顔をチラッとのぞいてみる。

そしたらなんと、平気だと思っていた彼の顔が驚くほど真っ赤になっていて。よく見ると耳まで赤くなっていたので、意外すぎてびっくりしてしまった。

ウソ……。どうしてそんなに照れてるんだろう。

彼方くんが、私の手を握りながらボソッとつぶやく。

「俺、もう、今日が永遠に終わらなかったらいいのにって思ってる」

「えっ……」

「夢見てるみたいだ。このまま雪菜の手、離したくない」

そんなふうに言われたら、ますます照れくさくてたまらない。

彼方くんはやっぱり、言うことが大げさなんだ。

だけど、決してそれがウソに聞こえるわけではなくて。

心のどこかでそんな彼の言葉を、うれしいと思っている自分がいた。

その後、ふたりでたくさん露店《ろてん》を見て回って、射的やヨーヨー釣りなどのゲームをして遊んだ。

彼方くんは終始笑顔で子供のようにはしゃいでいて、気がついたら自分も彼と一緒になってケラケラ笑っていた。

やっぱり彼方くんといると、居心地がいい。

気を使わないし、一緒にいて楽しいし。

だけどそれ以上に、彼方くんが私といて心から楽しそうにしてくれているのが、すごくうれしかった。

彼方くんといると、つまらない自分が、ちょっとマシに思えてくるんだ。

こんな私でも、いいのかなって。

それはきっと彼が、私のことを常に肯定してくれるからなんだと思う。

彼方くんの隣にいると、すごく満たされて、あったかい気持ちになれる。

「そろそろなにか食べよっか」

いくつかゲームで遊んだあと、彼方くんが手をつないだまま声をかけてきた。

「うん、そうだね」

自分もちょうどお腹がすいてきたところだったので、笑顔でうなずく。

そのままふたりでなにを食べようか相談しながら歩いていたら、途中、彼方くんが心配そうに顔をのぞきこんできた。

「そういえば雪菜、足疲れてない？　大丈夫？」

「……えっ？　うん。大丈夫だよ」

私が慣れない下駄でさっきから歩きにくそうにしていたからか、気にしてくれたみたい。

本当に人のことをよく見てるなぁ。

「無理しないで、疲れたらいつでも言えよ。食べ物買ったら、どこか座れるところ探そう」

別に私が『疲れた』と言ったわけでもないのに、こうやって気を使ってくれる彼は、やっぱりとても優しい。

「あ、ありがとう」

思わずお礼を言ったら、ニコッと優しく微笑んでくれて。その瞬間、自分の胸がトクンと音を立てたのがわかった。

やだ、私、なんで彼方くんにときめいてるんだろう。

さっきから、ずっと変だ。

彼の言葉ひとつひとつに心が反応して、うれしくなったり、ドキドキしたり、忙しくて。

本当にどうしちゃったのかな……。

するとそのとき、ふと前方から誰かに声をかけられた。

「あれ、雪菜？」

ハッとして顔をあげると、目の前には見覚えのある背の高い男の人の姿があって。

顔を見た瞬間、ドクンと心臓が飛び跳ねた。

え、ウソ。なんで……。

「り、陸斗先輩……」

名前を呼ぶと同時に、思わず彼方くんの手をパッと離してしまった私。

正直言って、今一番顔を合わせたくない相手だった。

最悪だ……。どうしてこんなところで会っちゃうんだろう。

心が一気にモヤモヤしたもので覆われていく。

陸斗先輩はなぜか、私を見て少し驚いている様子だ。

「いやぁ、偶然だな。びっくりしたよ。雪菜がまさか、男とデートしてるなんてさ」

そう言う先輩はなぜかひとりでいて、彼女と一緒ではないみたいだった。

「もしかして、彼氏？」

彼方くんと一緒にいるのを見て、興味津々な様子で問いかけてくる先輩に対し、目を伏せながら答える。

「え、いや、そういうのじゃ……」

どうしてそういうことをいちいち聞いてくるんだろう。

今さら彼となにを話していいのかわからない。

私が暗い顔をしてうつむいていたら、ただならぬ空気を察したのか、そこで彼方くんがすかさず陸斗先輩に笑顔で声をかけた。

「いや、今日は俺が雪菜を誘ったんです」

「え？」

「先輩、去年学祭に遥先輩とバンドで出てましたよね。キーボードで。すげーカッコよかったっすよ」

なんて、とくに面識のない先輩相手なのに、持ち前のコミュニケーション能力の高さを発揮する彼を見て、さすがだなぁと思ってしまう。

そんな彼に対し、フフッと不敵な笑みを浮かべる陸斗先輩。

「おぉ、そりゃどうも。そうそう、よく覚えてたね。でも、俺もキミのこと知ってるよ。チャラ男で有名な一ノ瀬くんだろ？」

しかしながらその発言は、どこかイヤミっぽく聞こえる。

「ははっ、マジっすか。でも俺、チャラ男はもう卒業したんすよ。今は真面目に片思い中です」

彼方くんが笑いながら答えると、陸斗先輩は「ふーん」なんて言いながら、少し考えこんだような顔をする。

「そうなんだ。真面目に片思いねぇ……」

そして、数秒間を置いたかと思うと、急に思いがけないことを口にした。

「でもたぶん、雪菜のことは、俺のほうがよく知ってると思うけどね」

「え？」

驚きのあまり声がもれる。

ちょっと待って……。なにを言いだすの？　急に。

なんだかまるで、彼方くんに対抗してるみたいに聞こえるんだけど。

するとそこで先輩はなにを思ったのか、私の肩にポンと片手を乗せてきて。

「だって俺ら、長い付き合いだもんな？　泣かされたら、いつでも俺に相談しなよ」

まるで彼方くんのことを信用するなとでもいうような言い方をされて、思わず顔をしかめてしまった。

なんのつもりなんだろう、いきなり。

たしかに彼方くんはチャラ男のイメージがあるのかもしれないけれど、そんなこと、陸斗先輩には言われたくない。

今さら兄のように振る舞わないでほしい。私のことなんて放っておいてほしいのに。

陸斗先輩がなにを考えているのか、まるでわからない。

そしたら次の瞬間、彼方くんが陸斗先輩から身を引きはがすように、私の肩をサッと抱き寄せた。

そして、先輩の顔をじっと見上げながら。

「ご心配ありがとうございます。でも俺、雪菜のこと笑わせることはあっても、泣かせたりは絶対にしないんで」

にこやかに、でもはっきりとそう告げる彼。

そんな彼の行動に、また心臓がドキッと跳ねる。

陸斗先輩はそんな彼を見て、一瞬面食らったような顔をする。

「それじゃ、そろそろ失礼しますね」

彼方くんはそう言って、再び私の手をぎゅっと握る。

「行こう、雪菜！」

「あ、うん……」

そして、その場から私を連れ去るように、少し早歩きで歩きだした。

なんとも言えない複雑な気持ちのまま、彼方くんの一歩うしろをついて歩く。

さっきまであんなに楽しい気分だったのがウソのように、胸の奥がモヤモヤして、苦しい。

やっぱりダメだ。陸斗先輩に会うと、どうしても気持ちが沈んでしまうし、それが顔に出てしまう。

彼方くんはどう思ったかな。

あんなふうに言われて、彼だってきっとイヤな気持ちになったよね。

彼方くんの気使いに感謝しつつも、見られたくないものを見られてしまったようで、すごく気分が悪くて。

そのまましばらく自分から彼に話しかけることができなかった。

「それじゃ、この辺で座って食べよっか」

「うん」

そのあと、私たちは屋台でたこ焼きやクレープ、ポテトなど、食べ物をいろいろ購入し、ちょうど近くに見つけたコンクリートのブロックの上にふたりで腰かけて食べることにした。

私はさっきの陸斗先輩との遭遇《そうぐう》が尾を引いて、いまだに少しモヤモヤしていたけれど、彼方くんは余計なことはいっさい聞いてこなかったので、少しホッとしていた。

「はい。これ、雪菜のクレープ」

彼方くんが私の分のクレープを手渡してくれる。

「ありがとう」

私がお礼を言って受け取ると、そこで彼は急に思いついたように立ちあがって、声をかけてきた。

「あ、そうだ。俺、ちょっとそこで飲み物買ってくるから待ってて」

「うん」

そのまま再び屋台の立ち並ぶほうまで走っていく彼。

そんな彼のうしろ姿を見つめながら、考え事をする。

なんだか彼方くんには気を使わせてしまってばかりで申し訳ないな。

私ったらすぐ顔に出ちゃうから、ダメだよね。

せっかくのお祭りなんだから、陸斗先輩のことなんか忘れて、気を取り直して楽しまなくちゃ。

そう決意して顔をあげる。

すると、その瞬間「わっ！」という声とともに、白いキツネのお面が目の前に現れて。

「きゃあっ！」

なにごとかと思った私は、驚きのあまり大声で叫んでしまった。

すると、目の前のその人は、すぐに片手でお面をはがすとクスクス笑ってみせる。

「あはは、びっくりした？」

誰かと思えばその正体はなんと、彼方くんで。もう片方の手にはジュースのペットボトルを二本持っている。

「……び、びっくりしたよ。誰かと思った。どうしたの？　そのお面」

私が問いかけたら、彼はイタズラっぽく笑いながら、私の隣に腰かけた。

「そこの屋台で売ってたんだ。雪菜のこと驚かせようと思って」

「ウソ。それでわざわざ買ったの？」

「うん。だってなんか雪菜、ちょっと元気なさそうだったから、元気づけようと思ってさ」

そんなふうに言われて、ハッとする。

やだ、やっぱり彼方くん、さっきから私が元気ないことに気づいてたんだ。

それでわざわざこんなふうに励まそうとしてくれて……。

思わず胸の奥がじわっと熱くなる。

どうしてそんなに優しいんだろう。

「ありがとう」

私が彼方くんをまっすぐ見上げながらお礼を言ったら、彼は目を合わせたままニコッと微笑んでくれた。その笑顔を見て、なんだか心が洗われたような気分になる。

本当に元気がわいてくるような感じがする。

いつもそう。彼方くんの笑顔を見ていると、不思議と自分も笑顔になれるんだ。

彼の優しさのおかげで、さっきまでのモヤモヤした気持ちが、一気に吹き飛んでいったような気がした。


そのままふたりでクレープやたこ焼きを一緒に食べながら、いろんな話をした。なんだか時間が過ぎるのがあっという間で。

男の子とこんなふうにたくさん話をしたのは久しぶりだった。

感情を表に出すのが苦手な私だけど、彼方くんの前では無理をせず、素でいられるような気がする。

「そういえば、ずっと気になってたんだけど……」

途中、彼方くんが少し言いづらそうに切り出す。

「雪菜、前俺が告ったときにさ、『男を信用できない』って言ってたじゃん。あれってなにか理由があるの？」

「えっ……！」

突然思いがけないことを聞かれて戸惑った。

「あ、話したくなかったら、別に言わなくてもいいよ」

彼方くんにそう言われて、なにをどう話そうか考えこんでしまう。

「……う、うん。実は、過去にちょっといろいろあって……」

「いろいろ?」

「ツラい失恋を、したっていうか……」

「えっ」

だけど、気がついたらなぜか、自分から打ち明けてしまっていた。

私ったら、彼方くん相手になにを話してるんだろう。

「一年生のときにね、初めて好きな人ができたの……。その人、最初はすごく優しくて、誠実な人だと思ってた。でも、実際はそうじゃなかった。裏切られるような出来事があって……。それで私、男の人を信じられなくなっちゃったの」

思い出すと、今でもツラくなる。もちろんその相手がさっきの陸斗先輩だとは言えなかったけれど。

それでも、本当はずっと、誰かに話したかった。

「それ以来、恋愛をしたいって思えなくなって……。また前みたいな思いをするのが怖いの」

「……そうだったんだ」

彼方くんは私の話を聞いて、少し苦しそうな顔をしてたけど、それでも静かに黙って聞いてくれた。

「雪菜も、いろいろあったんだな」

「うん……」

「でも、世の中そんな男ばっかりじゃないと思うよ。裏切らないヤツだって、ちゃんといるから」

彼方くんがそう言って、自分を指さしてみせる。

「え?」

「ここにいる」

「……っ」

正直、どんなリアクションをしていいのかわからなかったけれど、彼方くんの表情は真剣だった。

「俺は雪菜のこと、絶対傷つけたりしないし、裏切ったりなんかしないよ」

まっすぐな目で見つめられて、ドキドキと鼓動が早まっていく。

私がなにも答えられずにいたら、彼は静かに語りだした。

「たしかに俺、今までたくさん彼女がいたのは本当だし、チャラいって思われても仕方ないところあるかもしれないけど。それでも、遊びで付き合ったことは一度もないよ」

「そ、そう、なんだ……」

そういえば、前にもそんな話をしてたっけ。それはたぶん俺自身が相手のことを本気で好きになれてなかったからで……。それに気づいてからは俺、彼女つくってないし」

その言葉を聞いて、ハッとする。

たしかに、ここ最近彼方くんに彼女がいないことは璃子も言ってたけど、一応それには理由があったんだ。

「でも、雪菜は違う」

「えっ？」

「雪菜は俺が、初めて本気で好きになった人だから」

彼方くんが、再び私をじっと見据える。

「こんなにマジになったの、初めてだし。雪菜は俺のこと、まだ完全には信じられないかもしんないけど、俺の気持ちはずっと変わらないから」

「……っ」

彼の右手がそっと、私の左手に重なる。その瞬間、ドクンと跳ねる心臓。

「本気で幸せにしたいって思ってるから」

まっすぐな瞳でそう言われて、思わずちょっとだけ涙が出そうになった。

心が揺れてしまいそうになる。

ねぇ、どうして彼はいつも、こんなにもストレートに気持ちを伝えてくれるんだろう。

どうして私なんかのことを、そんなに想ってくれるんだろう。

なんだかすごく、胸の奥が熱いよ……。

今までは、好きだなんて言われても、戸惑う気持ちのほうが大きかったのに。どこか信じられなかったのに。

どうしてだろう、うれしいなんて思っている自分がいるんだ。

正直なんて答えたらいいのかわからない。すぐには言葉が出てこない。

だけど、今までにはなかった特別な感情が、自分の中に芽生えてきていることだけはたしかで。

彼の気持ちを信じたい。彼だったら、信じてみてもいいのかもしれない。

そんなふうに思っている自分がいた。

時刻も午後八時をまわり、だんだんと人けがひいていく中、私と彼方くんは並んで手をつなぎながら、駅までの道を歩いて帰っていた。

お祭りも、そろそろ終わりの時間。大通りに並んだ屋台からもだんだんと明かりが消え、店じまいをしている様子がチラホラ見える。

なんだかあっという間だったな……。

彼方くんとの初めてのデートは、思いのほかとても楽しくて。途中、ナンパされたり陸斗先輩に遭遇《そうぐう》するなんていうアクシデントもあったけれど、そんなことも忘れてしまいそうなくらいに今の私は胸がいっぱいで、このまま家に帰ってしまうのがさびしいくらいだった。

だけど、もうすぐ今日は終わってしまう。

駅前の広場まで到着すると、彼方くんが立ち止まって、そっと私の手を離した。

私は電車、彼方くんは自転車でそれぞれ来たので、ここでお別れだ。

「今日はありがとな。祭り、楽しめた?」

向かい合ってそう聞かれて、コクリとうなずく私。

「うん、楽しかったよ。こちらこそ、誘ってくれてありがとう」

笑顔でお礼を言うと、彼方くんはうれしそうな顔でニコッと笑ってくれた。

「よかった。俺もすげぇ楽しかったよ。雪菜と一緒に過ごせてうれしかった」

その優しい笑顔を見ていたら、なんだかとても名残惜しい気持ちになってしまう。

私ったら本当に、どうしちゃったのかな。

「それじゃ、またね」

そんな気持ちをかき消すように、小さく手を振って、彼に背を向ける。

そしてそのまま改札に向かって歩いていこうとしたら、次の瞬間突然、うしろから
ギュッと両腕で抱きしめられた。

「……ひゃっ！」

驚いて振り返ると、息が触れそうな距離に彼方くんの整った顔があって。一気に心
拍数が上昇する。

「か、彼方くんっ？」

戸惑う私の耳元に、彼の低い声が響く。

「……ごめん。俺、やっぱりまだ、離れたくない」

「えっ……」

「離したくない。雪菜のこと」

思いがけないセリフに、心がまたぐらぐらと揺さぶられていくのがわかる。

ドキドキと、高鳴る鼓動。背中に感じる彼の体温。

どうしよう、身動きが取れない。

「お願い。あと少しだけ、このままでいさせて……」

彼方くんの腕に、さらにギュッと力がこもる。

おかしいよね、私。今すぐにこの手を振り払うことだって、できるはずなのに。こんな人目につく場所で抱きしめられたら、恥ずかしくてたまらないのに。

なぜだか彼を拒む気持ちが、わいてこないんだ。

彼の腕にそっと、自分の手を添える。

心臓の音が外にもれてしまいそうなくらい、ドキドキいってる。

そのまま私は彼の腕の中で、ただじっと身を任せるようにして、自分の胸の鼓動を聞いていた。

chapter*4

Kimisae ireba,
nanimo iranai.
Only you.

presented by
Aoyama Sorara

アイツだけはやめておけ

楽しかった夏休みはあっという間に終わってしまい、気がつけば新学期。

学校に行くとみんな、夏休みはどこへ行ったとか、なにをして遊んだなんて話で盛り上がっている。

私と璃子も例外ではなくて、教室移動の途中、ふたりで夏休みの思い出話をしていたら、ふと璃子がなにか思いついたような顔で私にたずねてきた。

「あっ、そういえば、彼方くんとはどうなったの？」

突然彼の名前が出てきて、ドキッと心臓が跳ねる。

「え、ど、どうなったって……。別にどうもなってないよ！」

「え〜っ！　なにそれ。なにか進展ないの？　だって、一緒にお祭り行って楽しかったんでしょ？　そのあとまたふたりでデートとかしなかったの？」

「し、してない……」

「なんで〜っ？」

私が正直に答えると、あからさまに残念そうな顔をする璃子。

ちなみに彼方くんとはあのお祭り以来、ふたりで会ったりはしていないけれど、メッセージのやり取りはずっと続いている。

あの帰り道に抱きしめられたことは、さすがに璃子にも言えなかったけど、あれ以来、私はますます彼を意識してしまうようになった。

なんだか彼方くんが、自分の中でどんどん特別な存在になってきているような気がする。

「あー、なんかじれったいなぁ。ここまできたらもう、付き合っちゃえばいいじゃん！」

璃子がバシンと私の腕をたたく。

「な、なに言ってるのっ。まだそこまでは考えてないよ……っ」

冷やかすように言われて思わず否定してしまったけれど、正直なところ、心が揺れているのはたしかで。

璃子にはまだ言えないけれど、おそらく少しずつ、確実に彼に惹かれ始めている自分がいた。

「あれ、雪菜じゃん」

するとそのときだ。

突然、前方から歩いてきた人物に声をかけられて、顔を向けたらそこにいたのはあの陸斗先輩だった。

顔を見た途端、胸の奥がドクンとイヤな音を立てる。

やだ、また会っちゃった……。

「やぁ、久しぶり。祭りではどうもな」

陸斗先輩は片手をあげ、いつものように爽やかな笑みを浮かべる。

彼とはお祭り以来顔を合わせていないけれど、あの日は変な空気の中立ち去ってしまったので、なんだかいつにも増して気まずかった。

「あ、ど、どうも……」

私が目線を下に向けながら答えたら、陸斗先輩はそんな私の顔をのぞきこんでくる。

「例の彼とは、その後どう？　彼氏になったの？」

思いがけないことを聞かれて、一瞬言葉に詰まった。

「……っ、いや、まだ彼氏じゃないよっ」

どうしてこんなことを先輩に話さなくちゃいけないんだろうと思う。

「えー、そうなんだ。一ノ瀬くん、噂では手が早いって聞いてたから意外だな～。ちなみに俺は最近彼女と別れたばっかでさ、傷心中《しょうしんちゅう》なんだよね。フラれちゃってさ」

「えっ……」

さらに彼は続けて自分のことまで語りだしたので、それにまた驚いた。

陸斗先輩、彼女とギクシャクしてるとは聞いてたけど、本当に別れたんだ……。

でも、どうしてそれを私に？

「なかなかうまくいかないもんだよなぁ、恋愛って。雪菜は俺みたいにならないようにな。ちゃんといい男選んで、いい恋愛しろよ」

そう言ってポンと私の頭に手を乗せてくる先輩。

もう、なんて返していいのかわからない。

「それじゃ、またな」

そのまま先輩は手を振りながら去っていったけれど、私の心の中にはまたしても、モヤモヤしたものが残った。

それに、『いい男選んで』って……まるで、彼方くんが悪い男みたいに聞こえるよ。

「えー、ウッソー！　別れちゃったの!?」

すると次の瞬間、隣で璃子が驚きの声をあげる。

「遠矢先輩でもフラれたりするんだぁ……意外。びっくりしちゃった。でも、実はこれってチャンス？」

「へっ？」

チャンスって、どういう意味……？

私がポカンとした顔で璃子を見つめ返すと、彼女はニヤニヤしながら語りかけてくる。

「だって、別れたってことはフリーなんでしょ。ってことは、遠矢先輩とお付き合いできるチャンスも生まれたってことだよね」

「えぇっ！　なに言ってるの、急に」

「雪菜、先輩とも仲いいし、迷っちゃうね〜。彼方くんと、どっちにするの？」

ふざけたように笑いながらそんなふうに言われて、顔をしかめる。

もう、璃子ったら、すぐこういう変な冗談ばっかり言うんだから。

「ど、どっちにするとか、ないからっ。それに私、陸斗先輩のことなんてなんとも思ってないよ！」

思わず言い返したら、璃子がそこでまたニヤッと笑った。

「ふーん。じゃあ、彼方くんのことは？」

「えっ。そ、それは……」

不意を突くような質問に、ギョッとして、うろたえる私。

どうしよう。なんか璃子、私の気持ちに感づいてるのかな。

意外と鋭いところがあるからなぁ。

「と、友達だよっ」

精いっぱい平静を装って答えたけれど、たぶん、顔が赤くなっていた。

「雪菜、こっち！」

彼方くんが手を振りながら笑顔で声をかけてくる。

私はたらこパスタの乗ったプレートを手に持ちながら、彼の座るテーブルまで歩いて行った。

今日のお昼は彼方くんに誘われて、学食で一緒に食べることになったんだ。

いつも彼は友達グループと一緒に食べているんだけど、最近こんなふうに誘ってくれることが多くなった。

私も普段は璃子とふたりで食べているんだけど、彼方くんと私の仲を応援してくれている彼女は、彼方くんに誘われたと知るとニヤニヤしながら『私はほかの子と食べるから気にせず行ってらっしゃーい！』とうれしそうに送りだしてくれた。

彼女は顔が広いから、ほかにも友達がたくさんいるんだ。

彼方くんとテーブルを挟んで向かい合わせに座ると、彼が声をかけてくる。

「雪菜はパスタにしたんだ？」

「うん。彼方くんはAランチ？」

「そうだよ。だってデザートにプリンついてるし」

そんなふうに言う彼を見て、思わずクスッと笑みがこぼれる。

「ふっ、プリン食べたくて選んだの？」

「うん」

彼方くんはたまにこんなふうに子供っぽいところがあって、そこがなんだかかわいい。

かと思えば、意外に男らしくて頼りになる一面もあるし。知れば知るほど不思議な魅力のある人だ。

ふたりで向かい合ってお昼を食べながら、他愛ない話をする。すると、彼方くんが途中で思いついたように話しはじめた。

「そういえば、見てよ。俺、夏休み友達とフットサルしまくってたら腕すげー日焼けしてさ」

そう言って、左腕をこちらに差しだしてくる彼。

見てみるとたしかに、色白だった肌が少し焼けている。

「ほんとだ。ちょっと焼けたね」

私がそう口にすると、彼方くんはこちらをじっと見つめてくる。

「雪菜は、相変わらず真っ白だよな」

「そ、そうかな」

「うん。だって、手出してみて」

そう言われて自分も手をさしだしたら、彼方くんが私の腕と並べるようにして、自分の腕をピタッとくっつけてきた。

「ほら、俺の腕と比べたら、断然白い」

その瞬間、ドキッと跳ねる心臓。

どうしよう。別に少し肌が触れただけなのに……。

やっぱりあのお祭り以来、彼のことを無駄に意識してしまっている自分がいる。

「雪菜の肌ってさ、名前のとおり雪みたいに白くてきれいだなってずっと思ってた」

彼方くんが私の腕を見つめながら、サラッとそんなことを口にする。

たしかに昔から色白なことを褒められることはあったけれど、彼方くんに言われたらすごく照れてしまう。

「そ、そんなことないよっ。彼方くんだって、もとは白いから」

恥ずかしくなって、思わずパッと手をさげたら、次の瞬間横から誰かに声をかけられた。

「よっ、雪菜！」

振り向くと、そこにいたのはお兄ちゃん。

「あ、お兄ちゃん」

「遥先輩！」

彼方くんも反応する。

そしたらそのうしろからなんと、陸斗先輩まで現れて。その姿を見た途端、思わず胸の奥がざわついた。

お兄ちゃんは私と彼方くんが一緒にいるのを見て、驚いたような顔をする。

「おぉ、誰かと思ったら、彼方じゃん！　ってなに、まさかお前ら付き合ってんの⁉」

「え、ち、違うよっ……！」

「ほんとかー？　なんだよ雪菜、お前いつの間にこんなイケメンといい感じになってたんだよ～」

冷やかすようなことを言われて、返答に困る。

するとそこで、その隣に立っていた陸斗先輩がニヤッと不敵な笑みを浮かべながら、彼方くんに声をかけた。

「へぇー、相変わらず仲いいんだな、キミたち。昼飯まで一緒に食べてんだ」

彼方くんはそんな先輩に向かって、ニコッと笑いながら答える。

「ははっ、そうなんすよ。いつも一緒に食べてます」

だけどよく見ると、目が笑っていないような気がして。なんとなくふたりの間に不《ふ》穏《おん》な空気を感じる。

『いつも』っていうのも、ちょっと語弊《ごへい》があるし。

どうしよう。彼方くんと一緒にいるときに陸斗先輩と顔を合わせるの、やっぱりイヤだなぁ……。

「あ、そういえばさー、そろそろ学祭の時期だろ？　俺ら今年もバンドでステージ出るから、絶対見に来いよな！」

そんな中、お兄ちゃんは笑顔でペラペラとしゃべり続ける。

「クラスのヤツらにも宣伝しとけよ～。ちなみに今日その打ち合わせで陸斗たちがうちに来る予定だから、よろしく」

「えっ！」

さらには思いがけないことを言われて、ギョッとした。

ウソッ。今日、陸斗先輩がうちに来るの？

「そうそう。だからもし宿題とかわかんないところあったら、教えてやるから俺に言えよ」

陸斗先輩がそう言って、私の肩にポンと手を乗せる。

「あとで会えるの、楽しみにしてるから」

「……っ」

「そういうことだから。じゃあなー！」

そのままふたりはその場を去っていったけれど、それを聞いて、私は急に放課後が憂鬱《ゆううつ》に思えてきてしまった。

しかも、『会えるの楽しみ』だなんて、なにそれ。本気でそんなこと思ってるのかな？

だけどそこで、ふと目の前にいる彼方くんのほうに視線を戻したら、彼の顔が私以上に曇っていることに気がついた。

あれ？　どうしたんだろう。

なんて声をかけていいかわからずにいたら、彼方くんが視線を下に向けたまま、低い声で話し始めた。

「あのさ……」

「な、なに？」

「祭りで会ったときからずっと思ってたんだけど……雪菜って、あの先輩と仲いいんだな」

彼方くんの言葉に、心臓がドクンと音を立てる。

あの先輩って、陸斗先輩のことだよね？

どうしよう。たしかに陸斗先輩のあんな態度を見たらそう思えるのかもしれないけれど、彼方くんにだけは誤解されたくない。

「べ、別に仲良くないよっ。陸斗先輩は、ただのお兄ちゃんの友達だし……」

私が慌てて弁解したら、彼はうつむいたままつぶやいた。

「知らなかった。家に来たりもするんだ」

そう口にする彼の表情は、なんだかすごく切なげで。思わずキュッと胸が締めつけられる。

「いや、家に来るって言っても、先輩はお兄ちゃんに会いに来てるだけだよ」

「そうかな。そうは見えないけど」

「えっ？」

どういう意味……？

「俺は先輩はてっきり雪菜のこと気に入ってるのかなって思ってた。さっきだって、雪菜に会えるの楽しみにしてるとか言ってたし」

「……なっ、まさかっ！」

そんなふうに言われたら、困惑してしまう。

陸斗先輩が私のことを気に入ってるだなんて、そんなことあるわけがないのに。

だって、私は一度彼にフラれてるんだから。

でも、そんなこと彼方くんには言えないし……。

そのまま彼も黙りこんでしまい、ふたりの間に沈黙が流れる。

一気に気まずいムードになって、どうしようと思いながらオロオロしていたら、彼方くんが急にボソッとつぶやいた。

「……って、ごめん。なに言ってんだろ、俺」

ドキッとして顔をあげると、彼は口元に手を当て、少し恥ずかしそうに言う。

「悪い。今のは気にしないで。ただ、俺が勝手にヤキモチ焼いてただけだから」

「えっ……」

ヤキモチ？

「あの先輩、雪菜と付き合い長いみたいだし、俺よりずっと雪菜のこといろいろ知ってるみたいだったから、なんか悔しくて……。ごめんな」

彼方くんの口から放たれた思いがけないセリフに、心臓がドキッと跳ねる。

ウソ……。まさか、彼方くんが陸斗先輩にヤキモチを焼いたりするなんて。

胸の奥がちょっぴり苦しいような、それでいてくすぐったいような、なんともいえない気持ちになる。

「いや、別に、知ってるだなんて……。そんなことないよっ」

誤解されないようにと私が再び否定したら、彼方くんはふぅっと軽くため息をついたかと思うと、こちらをじっと見つめてきた。

「バカだよな、俺。雪菜とは、こうやって一緒にいられるだけでも十分なはずなのに。最近どんどん欲張りになってる気がする」

そう言って、ちょっぴり切なそうな顔で笑う彼。

「雪菜の時間を、俺が独り占めできたらいいのに」

「……っ」

相変わらずストレートすぎる彼の発言に、なんて返していいのかわからなくなる。

だけど、内心ものすごくドキドキしている自分がいた。

お昼ご飯を食べ終えて、彼方くんと別れたあとは、そのまままっすぐ自分の教室へと向かった。

璃子が待っててくれてるし、彼方くんもこのあとはいつもどおり同じクラスの友達と合流するみたいだし。

それにしても、さっきはちょっとびっくりしたな。

まさか、彼方くんにヤキモチを焼かれるとは思わなかった。

私が昔陸斗先輩のことを好きだったことは、彼には知られたくないけれど、なんとなく感づかれているのかもしれない。

お祭りのときについ、過去の失恋のことを話しちゃったしな……。

陸斗先輩にもう未練はないけれど、やっぱり今でも彼に会うと少し動揺してしまう自分がいる。

昔のツラい記憶がよみがえってきて、暗い気持ちになる。

本当ならもうあまりかかわりたくはないのに。さっきの態度といい、お祭りのときの態度といい、最近の先輩は本当によくわからない。

どうして今さらのように私に構ってきたりするんだろう。

そんなふうにあれこれ考え事をしながら二階にある教室に向かうため階段をのぼっていく。

すると、そのとき反対側から勢いよく階段を駆けおりてくる男子生徒の姿が見えて。危ないなと思ってよけようとしたら、よけるのが間に合わず、次の瞬間右肩に思いきりぶつかられてしまった。

「……きゃっ！」

その勢いでバランスを崩した私は、うしろに倒れる。一瞬体が宙に浮いたような感覚になって。

あ、落ちる……。そう思ったときには、もう遅かった。

無意識のうちにギュッと目をつぶる私。

すると同時にどこからか「雪菜！」と大声で私の名前を呼ぶ声が聞こえて、瞬時に誰かにうしろから抱きとめられ、両腕で体を包みこまれた。

そしてそのまま強い衝撃とともに床に倒れこんだような気がしたけれど、まるで痛みを感じない。

なんだろう。いったいなにが起きたんだろう。

おそるおそる目を開け、顔をあげる私。

そしたらそこで、私の下敷きになっていたのはなんと……。

「り、陸斗先輩！」

先ほど会ったばかりの彼だった。

陸斗先輩は私を腕に閉じこめたまま、一瞬苦しそうに顔をゆがませたかと思うと、
次の瞬間そっと目を開ける。

「……はぁ、びっくりした。大丈夫か？」

その様子からして、とりあえず彼は無事みたいだけれど、心配になる。

まさか先輩が、私をかばってくれるなんて。

「だ、大丈夫……。助けてくれてありがとう。あの、先輩こそ大丈夫なの？」

私がたずねると、先輩はフッと優しく笑う。

「はは、このくらい俺は全然大丈夫だよ。それよりも、雪菜が無事でよかった」

その笑顔を見て、不覚にも少しだけドキッとしてしまう。

笑った顔は昔と変わらない。私が彼を好きだった頃と。

だけど、この優しさを信用してはいけないってことは、私はよくわかっているつも

りだ。

それに、彼に対して今はもう恋愛感情なんてないし。

私が起きあがり、陸斗先輩から身を離そうとしたら、ふいに彼が私の腕をギュッと掴んでくる。

「相変わらず細いよなー。折れそうな腕してる。ちゃんと飯食ってるか？」

「た、食べてるよっ」

「色も真っ白だし、なんか守ってあげたくなるんだよな、雪菜って」

そう言って、わざとらしく私の肌に触れてくる彼。

こうやって無駄にスキンシップが多いところは相変わらずだけれど、なんだろう、今は軽く嫌悪感のようなものを感じてしまう。

「も、もう大丈夫だから、離してっ……」

私が軽く拒むように彼から腕を離そうとしたら、陸斗先輩はそんな私を見て、困ったような顔で笑った。

「ははっ、なんだよ。そんなに俺のこと避けるなよ」

そう言われてハッとして顔をあげると、彼と目が合う。

「やっと俺の目見た。まったく、嫌われたもんだよなぁ。まぁ、全部俺が悪いんだけどさ」

「えっ……？」

思いがけない彼の言葉に、驚いて目を見開く。

俺が悪い？　なにそれ……。

っていうか先輩、やっぱり私が避けてることに気がついてたんだ。

「今さらかもしんないけどさ、あのときは、傷つけて悪かったって思ってるよ。でも俺、雪菜のことはほんとに大事な妹みたいに思ってるから」

まっすぐな目でそう言われて、なんて返していいのかわからなくなった私は、黙りこむ。

正直なところ、今になってこんなふうに謝られても、複雑な気持ちだった。

でも、彼のことを今でも完全に憎み切れないのは、どうしてなんだろう。

やっぱり、一度は好きになった人だから……？

「雪菜には、幸せになってほしいって思ってるんだよ、俺」

先輩がそう言って、私の耳元の髪をそっとすくいあげる。

そして、急に真面目な顔でこう言った。

「だから、ひとつだけ忠告しておくけど、アイツだけはやめておいたほうがいい」

「えっ……」

アイツ？

戸惑いを隠せないでいる私の耳元に、陸斗先輩がそっと顔を近づけてくる。

「あの、一ノ瀬彼方ってヤツだよ。アイツ、結構遊んでるって有名だし、あんまりいい噂聞かないよ」

その名前を聞いて、ドクンと心臓が跳ねる。

ねぇ、どうして陸斗先輩がそんなこと言うの？

「な、なんで先輩が……」

「雪菜は純粋だから心配でさ。とにかく、騙されないように気をつけろよ」

先輩はそう言って私の肩をポンとたたくと、その場に立ちあがる。

「それじゃ、また放課後な」

そしていつものように爽やかな笑みを浮かべると、先に階段をのぼって行ってしまった。

私もそこでようやく立ちあがる。

だけど、なんだか胸の奥がすごくざわざわして、落ち着かない。

陸斗先輩はいったいなにを考えているのかな。よくわからないよ。

私が誰とかかわろうと、彼には関係ないはずなのに……。

どうして今さら構ってくるんだろう。どうして彼方くんのことを悪く言うんだろう。

さっきの先輩の忠告が、なぜか頭の中で引っかかっている。

陸斗先輩の言うことなんて、本当かどうかわからない。気にしなきゃいいってわかってるのに。

それができない自分にすごくモヤモヤしてしまった。

彼の本性？

「……ということで、うちのクラスの出し物は、多数決により仮装喫茶《かそうきっさ》に決定しました――！」

テンションの高い文化祭実行委員の声が響き渡る午後の教室。

うちのクラスは今ちょうどホームルームの真《ま》っ最中《さいちゅう》で、来月に行われる学園祭の出し物決めをしていたところ。

いろいろな案が飛び交っていたけれど、最終的には『仮装喫茶』をやるということで話がまとまった。

毎年この学園祭はすごく盛りあがるんだけど、今年もクラスみんなの気合いがすごくて、話し合いからもそれが伝わってくる。

私も仮装をするのはちょっぴり恥ずかしいなんて思いつつも、今から本番がすごく楽しみだった。

そういえば、お兄ちゃんたちは今年も体育館のステージでバンド演奏をするって言ってたな。

去年も女の子たちにキャーキャー騒がれて大盛りあがりだったからな。

彼方くんのクラスもたしか今日出し物を決めるって言ってたけど、なにになったんだろう。

ちょっと気になるな……。


ホームルームのあとの休み時間、彼方くんがさっそく教室にやってきたので、一組はなんの出し物をやるのか聞いたら、意外な答えが返ってきた。

なんと彼のクラス、体育館のステージで演劇をやることになったみたい。

各クラスの出し物は、教室での催《もよお》し以外にも屋外での出店やステージ発表も選べるんだけど、劇をやるクラスはなかなかないので意外だった。

「えっ、劇？」

「うん」

「俺のクラス、目立ちたがりが多くてさ。しかもひとり作家志望のヤツがいて、そいつがオリジナルの脚本《きゃくほん》書いてくれるらしいから、かなりおもしろい劇になりそうだよ」

「へぇ、すごいね。じゃあ、役もこれから決めるの？」

「うん。俺はたぶん役者で出ると思うから、見に来てよ」

キラキラと目を輝かせながら語る彼方くんからは、劇を楽しみにしているのが伝わってくる。

「わかった。どんな劇か気になるから、見にいくね」

思わずそう答えたら、彼はニコッとうれしそうに笑った。

「サンキュ。雪菜のクラスは仮装喫茶だっけ？」

「そうだよ」

「俺も雪菜がなんの仮装するのか、すっげー気になる」

そう言って、頬杖をつきながらこちらをじっと見つめてくる彼。

「そ、そう？　でも、あんまり期待しないでね」

「えー、期待するよ。雪菜はたぶんなに着てもかわいいし」

「……なっ、それは言いすぎでしょ」

私が照れたように返すと、彼方くんはもう片方の手をそっと私の手に重ねてくる。

「楽しみにしてるから」

笑顔でそんなふうに言われたら、なんだかドキドキしてしまう。

彼の言葉ひとつひとつに、不思議なくらい心が反応してる。

この前陸斗先輩にはあんなことを言われたけれど、やっぱり私には、彼方くんが先輩の言うような不誠実な人には見えない。

騙されてるだなんて、いくらなんでも言いすぎだと思うし。

だから、余計なことは気にせずに、目の前で優しく微笑む彼の言葉を、気持ちを、信じたい。そう思っていた。


「えっ、市ノ瀬さん、その衣装《いしょう》すごく似合う！」

放課後の教室、クラスみんなで学祭準備を行う中、仮装喫茶で着る衣装をあれこれ試着していたときのこと。

すすめられるがまま私がメイド服を試しに着たら、そこにいた女子たちからなぜかその姿を絶賛された。

「ほんとだー！　めちゃくちゃかわいい！　これはもう、市ノ瀬さんはメイド服に決定だね！」

「えっ！」

「うん、決定！　だって、似合いすぎだもん！」

そして、そのまま衣装がメイド服に決まってしまい、戸惑う私。

どうしよう。ただほかの派手な衣装に比べたらマシだと思って着ただけなのに……。

こんなコスプレみたいな格好するの初めてだし、なんだかすごく恥ずかしい。しかも、スカートが結構短いし。

でも、ほかに着れそうな衣装もなかったしなぁ。

なんてことをあれこれ考えていたら、そこに同じく衣装に着替えた璃子が現れて、ポンと肩をたたいてきた。

「じゃーん！　私、チャイナドレスにしてみました〜。どう？」

真っ赤なチャイナドレスに身を包んだ璃子はいつもより大人っぽく見えて、すごくかわいい。しかも、サイドのスリットから足が見えて、ちょっとセクシーだ。

「え、すごい！　かわいい！」

思わず声をあげたら、璃子はうれしそうにニッと笑った。

「へへっ、ありがと。っていうか、雪菜こそ超かわいいじゃん！　メイド服似合う〜！」

「そ、そんなことないよ。璃子のほうがそのドレス似合ってるよ」

「いや、お世辞とかじゃなくてマジだからね？　ちょっとそれ、彼方くんにお披露目《ひろめ》してきたほうがいいよ！」

思わぬことを言われてドキッとする。

「い、いいよっ。恥ずかしいから」

「なに照れてんのよ〜。彼方くん、絶対喜ぶって！」

璃子にからかわれて顔が赤くなる。

さすがにこの姿を彼に見られるのは、ちょっと恥ずかしい気がする。

だけどそんなふうにふたりでワイワイ話していたら、教室の入り口のほうから聞き慣れた元気な声が聞こえてきて。

「おーい！　誰か、ガムテと黒のマジック何本か貸してくんない？」

ハッとして振り向いたら、そこにはなんと、ちょうど今話題にあがっていた彼方くんの姿があった。

一組も今学祭の準備中だから、道具を借りに来たみたいだけど……。

「キャーッ！　彼方くんだ！　ガムテならあるよ〜」

「はいはーい！　このマジックも使って〜！」

彼を見つけた途端、すかさずガムテープやマジックを持って駆け寄っていく女の子たち。

さすが、どこへ行ってもモテモテなのは相変わらずだ。

「おっ！　噂をすれば彼のお出ましだよ！」

するとその様子を見ていた璃子が急に私の腕をギュッと掴んで、彼方くんのいるほうまで強引に引っ張っていった。

「ちょ、ちょっと、璃子……！」

そのまま彼方くんと話していた女の子たちと入れ替わるようにして、彼の目の前に連れてこられる。

「ほらほら～、行ってきなよ～」

そう告げながら私の背中をトンと押すと、そそくさと去っていく璃子。

「……えっ！　雪菜？」

驚いた顔でこちらを見る彼方くんと目が合って、思わずうろたえる私。

あぁ、どうしよう。さっそくメイド服姿を見られちゃった。

いきなりこんな格好で現れたら、なんだって思うよね。

「あ、あの……っ。これは今、仮装喫茶の衣装の試着をしてて、それで……」

彼方くんはそんな私をじっと見つめたまま、数秒間固まる。

その顔は、なぜか真っ赤になっていて。

「え……ちょっと待って。なにその格好。反則なんだけど……」

「えっ？」

反則？

「かわいすぎて、無理」

そう言いながら片手で口元を押さえる彼を見て、なんともいえない照れくさい気持ちになる。

そんな大げさなリアクションをしなくても……。

「本番でも、雪菜はそれ着るの？」

「う、うん。たぶん」

「マジで。すげー似合ってるじゃん。俺、絶対行くから」

「……そうかな。ありがとう」

照れながら私が下を向くと、彼方くんがボソッとつぶやく。

「でも正直、かわいすぎてほかのヤツにはあんまり見せてほしくないかも……」

「えっ？」

ドキッとして顔をあげたら、彼はイタズラっぽくニッと笑った。

「ははっ。なんてね」

その笑顔にまたドキドキが加速していく。

ねぇ、どうしてそんなことばっかり言うのかな。

かわいすぎるだなんて、ちょっと大げさだと思うんだけど。

でも今は、そんな彼の言葉を素直にうれしいと思える自分がいる。

彼方くんの言葉はどうしてか、冗談とかお世辞には聞こえないから。全部彼の本音のような気がするから。

正直最初はメイド服なんて自分には似合わないような気がして自信が持てなかったけれど、彼方くんにまでこんな褒められたら、もう本当にこの衣装を着るしかないような気がしてくる。

おかげでなんだかますます文化祭本番が楽しみに思えてきた。

それからも、文化祭の打ち合わせや準備で忙しい日々が続き、放課後も教室に残ってクラスメイトたちと作業をすることが多くなった。

彼方くんも、毎日劇の練習ですごく忙しそう。

彼のクラスの劇は本番まで内容をいっさい明かさないうえに、配役も内緒という秘密主義《しゅぎ》で練習が行われているらしく、ほかのクラスの人がなにをやるのかたずねても、詳しいことは教えてもらえないみたいだった。

ちなみに彼方くんは今回主役に抜擢《ばってき》されたらしく、『自分にぴったりの役だから』とすごく張り切っているんだとか。

「……はぁ。昨日も夜遅くまでセリフ覚えてたから、超眠い」

朝、いつものように私の席までやってきた彼が、そう言ってあくびをひとつする。

さすがの彼も、劇の練習続きでちょっぴりお疲れ気味みたいだ。

「お疲れ様。練習毎日大変そうだね」

ねぎらうように言葉をかけたら、彼は眉をさげながら笑った。

「あぁ。演技自体は楽しいんだけど、セリフ覚えるのが結構大変なんだよな〜」

「そっか。主役はセリフが多いもんね」

「そうなんだよ。でも俺、みんなから演技褒められてちょっとうれしかった。意外と役になりきれてるっぽいぜ」

そう話す彼方くんは、もちろん私にもなんの役をやるのか、どんな劇をやるのかは絶対に教えてくれないけれど、彼の話を聞くたびすごく気になってしまう。

「そうなの？　すごいね。それはますます見るのが楽しみかも」

「へへっ。俺も早く雪菜に見せたいな。雪菜が見てくれると思ったら俺、超がんばれる」

キラキラと目を輝かせながら語る彼を見て、思わず頬がゆるむ。

「うん。絶対見に行くから、がんばってね」

笑顔でそう告げたら、彼はうれしそうに微笑んでくれた。

「ありがと」

するとそこで、彼方くんが思いついたように聞いてくる。

「あっ。そういえば、今日って雪菜、図書委員の当番の日だよな？」

「うん、そうだよ」

「ってことは、帰り遅い？　俺、今日も練習で遅くまで残るから、終わったあと久しぶりに一緒に帰れたらと思って」

そう言われて少しドキッとする。

そういえば、ここ最近彼方くんのクラスは劇の練習でうちのクラスよりも遅くまで残っていて、そのためほとんど一緒に帰れていなかったんだ。

今日は図書委員の当番で私も遅いから、ちょうどいいかもしれない。

「うん。閉室時間までいるから遅くなるし、一緒に帰れるよ」

「マジで？　やった。それじゃ、終わったら迎えに行く。もし俺のほうが終わるの遅かったら、ちょっと待ってて」

「うん」

うなずくと同時に、なんだかうれしくなる。

不思議だな。彼方くんと久しぶりに一緒に帰れる、そんなことで自分の心がこんなに高揚《こうよう》するだなんて思わなかった。

私ったら、これじゃまるで彼のことが好きみたいだよね……。


――ガチャッ。

閉室時間になると、鍵を閉めて図書室をあとにする。

今日も何事もなく図書委員の仕事を終えた私は、そのまま鍵を返しに職員室へと向かった。

今日はこのあと彼方くんと一緒に帰る約束をしてるから、職員室に寄ったら、一組の教室まで行ってみようかな。

「失礼しました」

鍵をいつもの場所へと返して職員室から出ると、不思議と足取りが軽くなる。

そろそろ完全下校時刻だし、彼方くんも練習が終わった頃かな。

そう思いながら歩いていると、ふとうしろから誰かに声をかけられた。

「雪菜」

振り返ると、そこにはなぜか陸斗先輩がひとりで立っていて。

どうしたんだろう。彼も文化祭の準備で残っていたのかな。

「陸斗先輩……！」

「ずいぶん遅くまで残ってたんだな」

「あ、うん。今日は図書委員の当番だったから」

先輩はそのまま私の隣に並んで歩きだす。

「そっか、お疲れ様。今から帰り？」

「うん」

「俺もだよ。ちょうどよかった。せっかくだし、一緒に帰らない？」

思いがけないことを言われて、少し戸惑った。

「……えっ。いや、でも私、今日は別の人と帰る約束してて……」

「そっか、なら仕方ないな」

「ごめんなさい」

正直、彼方くんとの約束がなかったとしても、今さら陸斗先輩と一緒に帰るのは少し気が引ける。

私が断りを入れると、陸斗先輩は急にじっと顔をのぞきこんでくる。

「その別の人って、もしかして、あの一ノ瀬くん？」

探るような問いかけに、一瞬顔がこわばった。

同時にこの前陸斗先輩に言われたことを思い出して、少しモヤッとする。

「う、うん。そうだよ」

うなずいたら、陸斗先輩は「やっぱり」なんて言いながら、少し不服そうな顔をしていた。

「そっか〜。相変わらず仲いいんだなぁ。でも俺、ちょっと心配になるよ。アイツはどうも信用できなくてさ」

そんなふうに言いながら、なぜか私の隣をついてくる先輩。

なんなんだろう。余計なお世話だ。

私からしたら、陸斗先輩のほうがよっぽど信用できないのに……。

「でも私、約束してるから」

少しムッとしたような口調で返し、そのままスタスタと早足で歩いていく。

すると、ちょうどそこで二年一組の教室までたどり着いたので、半分ほど空いたドアからチラッと中をのぞいてみた。

教室にはまだ男子がふたり残ってなにか話していて、よく見ると、その片方は彼方くんだった。

やっぱり、彼もまだ残ってたんだ。

声をかけたいけど、友達といるみたいだからどうしようかな。

そんなふうに少し迷っていたら、彼方くんが友達と会話する声が聞こえてきた。

「まぁ、ぶっちゃけあんなのお遊びだけどな」

なんて、いつになくダルそうな口調で話す彼方くん。

「えっ、なんだよそれ。じゃあお前、最初から本気じゃなかったの?」

「当たり前じゃん。手に入れるまでが楽しいんだよ、恋愛なんて。ゲームと同じでさ。今回も、俺が全力で口説いたら、向こうもだいぶその気になってくれたみたいだし、チョロいもんだよ」

……え?

耳を疑うようなセリフに、ドクンと心臓が飛び跳ねる。

ちょっと待って。今の……彼方くんの声だよね？

いったいなんの話をしているの？

「うっわ〜、マジかよ。信じらんねぇ……」

「今までだって甘い言葉吐けば、大抵の女は俺に落ちたし。俺が本気出せばたぶん落ちない子なんていないからさ。あははっ！」

そう言って、高らかに笑う彼は、なんだかまるで別人のようで。

私の知っている彼とは違う。

どういうこと？　こんな彼方くん、見たことない……。

一気に体中の血の気が引いていくかのようだった。

今の、全力で口説いたらその気になってくれたって、もしかして……私のこと？

恋愛なんてゲームと同じだなんて、そんなふうに思ってたの？

ウソだよね……？

「お前、結構最低だぞ。それ」

「いいんだよ。だって、人生楽しんだもん勝ちじゃん」

まるで悪気なんてないかのような彼方くんの言葉に、ため息をつく友達。

「……はぁ。ったく、いいよな〜顔がいいヤツは。こんな性格でも顔がよけりゃ女は騙されちゃうんだもんな〜。くそっ、その本性いつかバラしてやるからな！」

そこで私は、もうこれ以上会話を聞いているのが耐えられなくなって、思わず逃げるようにその場から走り去ってしまった。

ドクドクと激しく脈を打つ心臓。胸の奥が張り裂けそうなくらいに痛い。苦しい。

どうしよう。ねぇ、信じられないよ。

まさか、彼方くんが私の知らないところであんなことを言っていただなんて。あんなふうに思っていただなんて……。

結局、あれが彼の本音なの？

彼もまた、私のことをもてあそんでいただけなの？

――グイッ。

すると、すぐうしろから追いかけてきた陸斗先輩が、階段の手前で私の腕をつかまえる。

「雪菜っ！」

振り返ると彼は、少し苦しそうな表情を浮かべながら、私をじっと見下ろしていた。

「最低だな、アイツ。俺もびっくりしたよ。でも、前からなんとなくそんな気はしてたんだ」

「えっ……」

「雪菜、悪いことは言わないから、やっぱりアイツだけはやめておいたほうがいい。

あの一ノ瀬彼方ってヤツだけは。今の会話、聞いただろ？　結局あれがアイツの本性なんだよ」

陸斗先輩の言葉が、傷をさらにえぐるかのようにグサッと突き刺さる。

「アイツは恋愛なんて遊びだとしか思ってない」

ねぇやめて。それ以上言わないで……。

「雪菜のこと本気で好きだなんて、たぶんウソだ。あんなヤツに騙されちゃダメだ」

そんなの信じたくない。ウソだって言ってよ。

「もういいっ。やめてっ！」

私は勢いよく先輩の手を振り払うと、そのまま走って階段を駆けおりた。

イヤだ。もう、なにも聞きたくない。なにも見たくない。

悲しくて、苦しくて、目に涙があふれてくる。

ショックのあまり、息の仕方もわからなくなりそうだった。

ねぇ、どうして……。

どうしてなの？

あれが彼方くんの本性だったの？

じゃあ、今までの彼の言葉は、態度は、なんだったの？

あれも全部、ウソだったっていうの？

彼だけは、違うと思ってた。今度こそ信じてみようと思ってたのに……。

ひどいよ。

私は結局、騙されていただけなの？

陸斗先輩のときと同じで……。

そのまま急いで下駄箱で靴を履き替え、逃げるように学校をあとにした私。

彼方くんには【用事ができたから先に帰る】とひとことだけメッセージを残し、そのままスマホの電源を切ってしまった。

私に構わないで

翌日の朝。私は登校するなり、自分の席に座ってボーッとひとり考え事をしていた。

なんだか今日はもう、本を読む気にもなれなくて。

昨日のショックからいまだに立ち直れない自分がいる。

彼方くんがまさか、陰であんなことを言っていたなんて。

あんなふうに思っていたなんて。

もう、いったいなにを信じたらいいのかわからなくなる。

彼方くんは結局、私のことをもてあそんでいただけだったのかな？

彼はずっと、女の子をゲーム感覚で口説いていたってこと？

今までの『好きだ』って言葉も、あの真剣なまなざしも、ときどき照れて真っ赤になる彼も、全部全部ウソだったのかな。

『初めて本気で好きになった』っていうあの言葉も、私だけじゃなく、いろんな人に言っていたってことなのかな……。

彼は『雪菜だけは違う』って、言ってくれた。私はそれを信じたいと思ってた。信じてた。

でも、結局それは私が自分で自分を彼の〝特別〟だと勘違いしていただけで。本当は特別でもなんでもなかったのかもしれない。

陸斗先輩を好きになったときと同じで、すべては私の勘違いだったのかな。

信じた私がバカだったの？

『俺は裏切ったりなんかしない』って、言ったのに……。

悲しくて、苦しくて、悔しくて。いろんな気持ちが混ざり合ってぐちゃぐちゃになって、自分でもどうしていいのかわからない。

いっそのこと、彼方くんのことなんてもう、忘れてしまいたい。

だけど、そう思えば思うほど、彼と一緒に過ごした日々の記憶がよみがえってきて、切なくなってしまう。

だって、今まで私が見てきた彼方くんは、とてもウソなんかついているようには見えなかったから。

初めて図書室で告白されたときだって、あのバレッタを拾ってくれたときだって、死ぬ気でテスト勉強をがんばって一〇〇位を取ったときだって、お祭りで抱きしめられたときだって、私の目に映る彼はいつだってまっすぐで、一生懸命だった。

そんな彼との思い出を全部否定して、なかったことにするなんて、できない。

それが全部ウソだったなんて、急に自分を納得させることなんてできるわけないのに……。

昨日の彼の言葉が、今までの出来事すべてを空虚《くうきょ》なものにしてしまう。

『ぶっちゃけあんなのお遊びだけどな』

『手に入れるまでが楽しいんだよ、恋愛なんて。ゲームと同じでさ』

結局は、陸斗先輩の言っていたことが正しかったってことだよね……。

彼は元からチャラ男で、恋愛を遊びだとしか思っていなくて、誰にも本気にならない。

そういえば、鈴森さんもそんなことを言っていたんだっけ。

ということは、やっぱり私が彼の好意を、自分に都合のいいようにとらえていただけだったんだ。

バカだなぁ……。

そんなふうにあれこれ考えていたら、じわじわと涙がにじんできそうになって、思わず机に突っ伏した。

ねぇ、ツラいよ。どうしようもなくツラい。

こんな気持ちのまま、今日一日をどうやってやり過ごせばいいんだろう。

なにもする気になれないよ……。

「おはよ、雪菜」

するとそのとき、頭の上から聞き慣れた声が降ってきて。心臓がドクンと思いきり飛び跳ねた。

どうしよう……。この声は、彼方くんだ。

ねぇ私、どんな顔をすればいいの？

顔をあげられないよ。

「雪菜、どうした？　もしかして、元気ない？」

彼方くんはそんな私に優しく声をかけてくる。

私はそれを無視するわけにもいかなくて。おそるおそる顔をあげた。

だけど、彼方くんの目が見れない、目を合わせることができない。

「そ、そんなことないよ。おはよう」

少しそっけなく返すと、彼方くんはホッとしたように言う。

「そっか、ならよかった。落ちこんでるのかと思ってびっくりした。もしなにか悩んでることとかあったら言えよ。俺でよかったらいつでも話聞くし」

そんなふうにおだやかに話す彼は、いつもどおりだ。

私の知ってるいつもの彼方くん。

だけど今は、いったいどんな気持ちでこんなことを言っているんだろうと思ってしまう。

裏ではあんなふうに思ってるくせに、どうしてそんな普通に笑っていられるの？

「だ、大丈夫だよ……。なにも悩んでないから」

私は動揺するあまり、声が震えそうになるのを必死でこらえながら返事をした。

こうして会話しているのもツラい。今までどおりになんてできるわけがない。

彼方くんはそんな私の思いなど知るはずもなく、笑顔で話しかけてくる。

「あ、それでさ、俺、雪菜に数学で教えてもらいたいところがあって」

「えっ……」

「ここの問題なんだけど」

そしていつものように彼は私の机に数学のノートを広げ、問題の解き方をたずねてきて。

だけど、私はもう無理だった。

これ以上、彼と話していられなかった。

ガタンと席から立ちあがる。

「ご、ごめん……」

目をそらしたまま、暗い声でつぶやく。

「私、ちょっと用事あるから」

そして、それだけ言い放つと、逃げるように教室をあとにしてしまった。

行くあてもなく廊下を突き進み、角にある女子トイレの前まで来たところで、個室に入り、呼吸を整える。

どうしよう。なにやってんだろう、私。

これじゃ、あからさまに彼のことを避けているみたいだ。

彼方くん、変に思ったよね、絶対。

だけど、じゃあほかにどうすればよかったの？

わからないよ……。

もうわからない。なにをどうしたらいいのか。

彼の本音を知ってしまって、これから自分がどうすればいいのか。

なんだかもう胸が苦しくてたまらなくて、私はそのまま個室の中でこっそり泣いてしまった。


それからというもの、私は彼方くんと普通に接することができなくなってしまって。

朝も顔を合わせるのがツラくてなるべく教室にいないようにしたり、お昼を一緒に食べようとか一緒に帰ろうと誘われても、なにかと理由をつけて断ってしまうようになった。

文化祭の準備で忙しいということにしていたけれど、あからさまに避けていることは彼にも伝わっていたと思う。

一度、【最近元気ないけどなにかあった？】なんてメッセージで聞かれたことがあったけど、私は結局彼になにも話すことができなかった。

だって、本当の理由なんて言えるわけがない。

あのとき、こっそり彼の話を聞いてしまっただなんて……。

その後も彼方くんの態度はなにひとつ変わりなく今までどおりで、そんな彼を見ていると、やっぱり私のことが好きなんじゃないかって勘違いしてしまいそうになる。

彼方くんのことを信じちゃいけないとはわかっていても、彼の優しさに触れるたび、どこかでまだ彼を信じたいと思っている自分もいて。

できることなら彼に、本心を聞いてしまいたい。私のことは結局遊びで口説いていただけだったのかって。

でも、真実を知ってもっと傷つくのが怖い……。

今彼に面と向かって『本気じゃなかった』なんて言われてしまったら、立ち直れなくなってしまいそうで。

とても聞けない。あの話を聞いたことは、言えない。

だから、今の自分にはこうして彼を避けることしかできなかった。

文化祭本番を明日に控えた今日は、クラスメイトみんなで遅くまで残って最終チェックを行った。

その後、片づけをしたりあれこれ作業していたら、結局学校を出るのが完全下校時刻ギリギリになってしまった。

璃子は今日もバイトがあると言って先に帰ってしまったので、ひとりカバンを持って下駄箱まで急ぐ。

すると、ちょうど下駄箱に着いたとき、そこに誰かがひとりで立っているのが見えて。

その姿を目にした途端、心臓がドクンと飛び跳ねた。

え、ウソ……。彼方くん?

どうして彼がここに。

彼はカバンを肩にかけたまま下駄箱にもたれかかっていて、私の姿を見つけると、うれしそうに目を輝かせながら声をかけてくる。

「よかった。雪菜、まだ帰ってなかった」

驚きのあまり、反応に困ってしまう。

もしかして、私のことを待ってたのかな?

正直今は顔を合わせたくなかったのに……。

「ちょっと雪菜に話したいことがあったから、待ってた」

そう言われて、動揺する私。

やっぱり待ってたんだ。話したいことってなんだろう。

「な、なに……？」

おそるおそる問いかけると、彼方くんはいつもと変わらない笑顔を浮かべる。

「明日の文化祭だけど、一緒にまわらない？」

「えっ……」

思いがけないことを言われて、言葉に詰まってしまった。

ど、どうしよう。なんで……。

ここ最近ずっと彼のことを避けていたのに、まさか、こんなふうに誘われるなんて思ってもみなかった。

本当ならうれしいはずなのに、今は喜べない。

これも全部、私を口説くために誘ってるだけなのかなって、そんなふうに思えてしまって。

彼の言葉のなにもかもが、信じられない。

「え、えっと……ごめん。明日は、友達とまわる約束してるから……」

私が断りを入れると、彼方くんはあからさまに残念そうな顔をする。

「……そっか」

「ご、ごめんね」

「ううん、残念だけど、約束してるなら仕方ないや。無理言ってごめん」

するとそこで彼はさらに、思いついたように言う。

「あ、それじゃせっかくだから、一緒に帰ろ。最近全然一緒に帰れてなかったし」

いつもの明るい声。いつもの彼。

だけど私はもう、これ以上そんな彼と顔を合わせているのが耐えられなくて。

なんでもないフリをして一緒に帰るだなんて、とてもできそうになくて。

そのまま彼方くんに背を向けると、下駄箱から靴を取り出した。

「ご、ごめん。私、急いでるからっ……」

こんなの、感じ悪いって、あからさまだって自分でもわかってるけど。ほかにどうしていいかわからない。

「え、雪菜？」

驚いたような声をあげる彼方くんを無視するように、靴を履き替える私。すると、そこで彼が私の腕をパッと掴んだ。

「ちょっと待って」

その瞬間、ドキッと跳ねる心臓。

その場になんともいえない重々しい空気が流れる中、彼方くんが数秒、間をおいてから口を開く。

「……あのさ、もしかして、俺のこと避けてる？」

そう聞かれて、ついに問いただされてしまったと思い、ビクッと体が跳ねた。

そうだよね。こんな不自然な態度ばかり取ってて、彼がそれに気づかないわけがないよね。

「俺、なんかした？」

いつになく真剣な声で問いかけてくる彼。

突き刺さるような視線が痛い。

だけど、本当のことを言えるかって言ったら、言えるわけがない。

私はそのままなにも返せず黙りこむ。

「なにがあったんだよ。なぁ。頼むから答えて」

懇願するように言われて、胸がズキズキと痛む。

ねぇ、どうしたらいいんだろう。

本当のことを言うべき……？

彼の本音をたしかめたほうがすっきりするの？

だけど、それでもし彼が、この前の言葉が全部本心だって認めたら……。

ダメ。やっぱり、無理。

怖くてとても聞けない。

思わず彼の手をパッと振り払う。

そして、目線を下に向けたまま、ボソッと口にした。

「……ごめんなさい。私、やっぱり、彼方くんの気持ちは受け取れない」

「えっ……」

「彼方くんのこと、信じられないから……」

胸の奥がズキズキと痛む。苦しい。

だけどもう、これ以上曖昧な態度を取り続けるわけにもいかなくて。

私はとうとうはっきりと彼を拒絶してしまった。

彼方くんは、ハッとした顔でそのまましばらく固まる。

「ど、どうしたんだよ。なんで急に……っ」

「だからもう、私に構わないで」

わざと冷たい表情で言い放つ。

だけど、そんな私の言葉に納得がいかなかったのか、彼方くんは再び引き止めるように私の腕をギュッと掴んでくる。

「……っ、そんなの無理に決まってんだろっ」

「なっ……」

「急にそんなこと言われてもわかんねぇよ！」

必死の表情で訴えられて、ますます胸が苦しくなった。

「理由があるなら、ちゃんと話して……」

思わず振り返ったら、彼方くんの目は少し潤んでいて、声も震えている。

どうしてそんなツラそうな顔をするんだろう。

彼の本心がわからない。

だって、私のことなんて本気じゃないんでしょ？

だったらなんで……。

「ごめん、帰るっ」

私はそんな彼を振り切り、背を向けて先を急ぐ。

ひどい態度を取っている自覚は十分にあったけれど、こうすることしかできなかった。

「雪菜っ！」

うしろで呼び止めるような彼の声が響いて、一瞬足を止める私。

すると彼は、大きな声で叫ぶように言う。

「雪菜が俺のこと嫌いになったとしても、俺は雪菜のことずっと好きだからな！」

その言葉を聞いた瞬間、目に涙がじわじわとあふれてきた。

ねぇ、どうしてそんなこと言うの。

どうしてそんなに必死になるの。

じゃあ、あのときの言葉はなんだったの？

あれが彼方くんの本心なんじゃないの……？

そのまま振り返ることなく走って昇降口を出た私は、あふれる涙を手でぬぐいながら急いで家に帰った。

胸の奥が、張り裂けそうなほどに痛くて、苦しくてたまらなくて。

彼方くんの傷ついたような顔が、ずっとずっと頭から離れなかった。

chapter*5

Kimisae ireba,
nanimo iranai.

Only you.
presented by
Aoyama Sorara

好きだから

そして迎えた文化祭当日。

私は自分のクラスの仮装喫茶で接客の仕事をするため、衣装であるメイド服に着替え、シフトの交代時間を待っていた。

なんだか今日は昨日のことがあったせいで気持ちが沈んでばかりだったけれど、ここは気を取り直して笑顔でがんばらなくちゃ。

そう自分に言い聞かせ、エプロンの紐《ひも》を結びなおす。

するとそこに、チャイナドレス姿に着替えた璃子が現れて、声をかけてきた。

「よっ！　メイドさん。今日もその衣装似合ってるね〜！」

相変わらず元気いっぱいでテンションの高い彼女。

「璃子」

「でも、なんかちょっと浮かない顔してるよね〜。どうしたの？」

「えっ、そう？　そんなことないよっ」

さっそく落ちこんでいることがバレそうになって、慌ててなんでもないフリをする私。

「っていうか思ったんだけどさ、学祭、彼方くんとは一緒にまわらないんだ？」

彼の名前を出された途端、一気に表情がこわばる。

「え……うん。だって、とくに約束してないし……」

昨日一緒にまわろうと誘われて断ったことはさすがに言えなくて、テキトーにごまかしてしまった。

だけど、璃子はやっぱりそこは鋭くて。

「そうなのー？　彼方くん誘ってこなかったの？　意外〜。なんか、最近一緒にいるの見ないんだけど、大丈夫？　もしかして、彼となにかあった？」

勘のいい彼女の問いかけに一瞬ドキッとしてしまったけれど、なにがあったのかはやっぱり言えなかった。

「な、なにもないよっ……」

「ほんとに〜？」

「うん」

璃子には結局、あのとき偶然彼方くんの話を聞いてしまったことや、そのあと彼を避けてしまっていることは話していない。

こういうことをなかなか打ち明けることができないのが私の悪いところなんだろう

けど、文化祭で盛りあがっている最中だというのもあったし、なんとなく璃子に余計な心配をかけたくなくて。

　それに、思った以上にショックだったせいか、今はまだ誰かに話すような気にはなれなかった。

　思い出すとツラくなるから、できるだけ考えないようにしたいし、少しでも忘れていたいと思ってしまう。

　するとそこで、璃子がなにか思いついたように時計に目をやる。

「あ、そういえば、もうすぐ遥先輩たちのバンドの出演時間じゃない？」

「えっ」

　言われて文化祭のプログラムの冊子を確認したら、たしかにお兄ちゃんたちのバンドのステージ発表まであと一〇分というところだった。

「雪菜は見に行かないの？　今年も先輩張り切ってるんでしょ？　それにほら、遠矢先輩も出るみたいだし」

　そう言われて、苦笑いを浮かべる私。

「うーん、今年は別に見にいかなくていいよ。これから私自分のシフト時間だし。それに、お兄ちゃんの歌はいつも家でイヤというほど聞かされてるから、もうお腹いっぱい」

そんなふうに話したら、璃子はあははと笑っていた。

「そっか〜。まぁたしかに、シフトと被ってたら見に行けないか。私も見たかったけど無理だな〜、残念。でも、雪菜ももちろん一組の劇は見に行くよね？」

「えっ」

そこでちょうど彼方くんのクラスの劇の話題になり、またもやドキッとする。

そう言えば私、前に彼方くんと約束したんだっけ。

『絶対見に行くね』って。

でも……。

「う、うーん……」

煮え切らない返事をすると、璃子が不思議そうな顔でこちらを見てくる。

どうしよう。本当なら見に行く予定だったけど、今さら彼のステージを見たら、余計にツラくなってしまいそうで。昨日のことを思い出すたび、胸が締めつけられそうになる。

彼方くんのことをはっきり拒絶して、再びはっきりとフッてしまったけど、なんだかこれじゃ私、まるで後悔してるみたいだよね……。

その後、自分の担当するシフト時間の仕事を無事終えた私は、メイド服から制服に着替えるために教室を出て更衣室へと向かった。

もちろん、着替えないでずっと衣装のままでいてもＯＫなんだけど、さすがにこんな格好で校内をうろつくのは恥ずかしくて。

実は先ほどのシフト時間中に、彼方くんが友達と一緒にうちの仮装喫茶を訪ねてきてくれたんだけど、私は顔を合わせるのが気まずくて込み合っていた裏方の仕事を手伝うなどして、一時的に接客から外れてしまった。なんだかまるで彼から逃げてるみたいだけれど、昨日の今日でどんな顔をして会えばいいのかわからなくて。

とても今は、普通に話ができる状態じゃないと思ったから。

璃子はシフトが終わるなりすぐに、お客として来てくれていたバイト先の先輩に会いに、チャイナドレス姿のまま行ってしまった。

これからふたりで一緒に学祭を見てまわるみたい。

うまくいってるみたいでよかったなぁ。そのうち付き合ったりするのかな。

そんなことを考えながら廊下を歩いていたら、ふと、向こう側から見覚えのある小柄な女の子が歩いてくるのが見えて。よく見るとそれは、あの彼方くんの幼なじみの鈴森さんだった。

あっ……。

うっかり目が合ってしまい、なんとも言えない気まずい気持ちになる。

どうしよう。

するとそこで、私がそっと目をそらそうとしたら、鈴森さんに名前を呼ばれて。

「ねぇ、市ノ瀬さん」

驚いて再び目を合わせたら、鈴森さんが怖い顔で私を睨みながら腕を掴んできた。

「……ちょっといい？　話があるんだけど」

「えっ……」

そう言われて、ドクンと心臓が跳ねる。

なんだろう、話って。

正直すごくイヤな予感がしたけれど、無視するわけにもいかないので、言われるがまま彼女についていった。

ふたりで誰もいない空き教室に入り、向かい合う。

すると、鈴森さんが腕を組んでムスッとした顔のまま私に問いかけてきた。

「ねぇ、どうして最近彼方のこと避けてるの？」

思いがけない質問にびっくりする。

たしかに私は最近あからさまに彼方くんのことを避けていたし、それはいつも彼と一緒にいる彼女にも感づかれていたのかもしれないけれど、そのことでこんなふうに呼び出されるとは思ってもみなかった。

だって、鈴森さんは以前私に彼方くんのことは本気にするなって、勘違いするなって言った。

だから、私が彼を避けたところで、彼女にとってはむしろ都合がいいことのように思えるのに、どうしてなんだろう。

それに、彼女はなぜかすごく怒っているように見える。

それがなぜなのか私にはわからなかった。

「ねぇ、なにがあったの？　黙ってないでなにか言いなよ」

彼女は少し強めの口調で詰め寄ってくる。

私はなんて答えようか少し迷ったけれど、ここで彼女にウソを言ったりごまかしたりするのもよくないような気がしたので、言える範囲で正直に答えることにした。

それに、彼女はおそらく彼方くんの本性を知っているはずだし。

「だ、だって……鈴森さんの言うとおりだと思ったから。彼方くんは、誰にも本気にならないって」

「はっ？」

「彼は私のことも結局、遊びだと思ってたみたいだし。だからもう、かかわるのはやめようって……」

私がそう話すと、鈴森さんはひどく驚いたような顔をしていた。

「な、なに言ってるの……？　それってつまり、彼方の気持ちが信じられないってこと？」

「……うん」

私がコクリとうなずくと、ますます目を大きく見開く彼女。

「へ、へぇ……。市ノ瀬さんは、彼方の言葉より、私の言うことを信じるんだね」

「えっ？」

「彼方がほんとに気まぐれで自分に構ってたと思ってるんだ。お祭りに一緒に行ったり、さんざん思わせぶりなことしておいて、今さら」

そんなふうに言われて、ひどく戸惑う。

どういうこと？

前に私に言ってきたことと話が違って、彼女の言いたいことがよくわからない。

それに、鈴森さんだって、彼方くんはチャラ男で誰にも本気にならないと思ってるんじゃないの？

「だ、だって……」

「信じられない。見損なった」

鈴森さんが下を向いてボソッと低い声でつぶやく。そして、少し黙ったのち、再び顔をあげると悔しそうな表情でこちらを見ながらこう言った。

「私、せっかく彼方の幸せを思って、あきらめようと思ってたのに……。前は悔しくてついあんなイヤミ言っちゃったけど、ほんとは私、彼方は、あなたのことだけは本気だと思ってたのに‼」

えっ……？

思いもよらない彼女のセリフに、返す言葉を失う私。

ウ、ウソでしょ。そんな……。

鈴森さんの目には涙が浮かんでいて、それを見たら、彼女が本気で彼方くんのことを好きなんだということが伝わってきて、思わず胸がギュッと締めつけられた。

それにしても、信じられない。

まさか、彼女が実はこんなふうに思っていただなんて……。

「なんで今さら避けたりするの？　なんで信じてあげられないの？　ほんとは自分だって彼方のこと好きなくせに、なに逃げてんの⁉」

「……っ」

鈴森さんの言葉が、胸にグサッと突き刺さる。

私はなにも言い返せない。

「あれだけ彼方があなたのこと想ってるのに、その気持ちがわからないんだったら、そのままずっとひとりでいればいいよ！　バカ女っ！」

彼女は泣きながら大声でそう言い放つと、そのまま勢いよく教室を出ていってしまった。

取り残された私は、呆然とその場に立ち尽くす。

ど、どういうこと……？

なんだかもうわけがわからない。

鈴森さんは、彼方くんが本気だと思ってたって……。

じゃあ、あのときの彼方くんの発言はなんだったの？　あれが彼の本性なんじゃないの？

もうなにが本当なのかわからなくなってくる。混乱してくる。

だけど今の、鈴森さんの言葉で気がついた。

私は、結局逃げてるんだ。自分の気持ちから――。

『ほんとは自分だって彼方のこと好きなくせに、なに逃げてんの!?』

そう。彼女の言うとおりだ。

私はずっと、自分の気持ちとも、彼の気持ちとも向き合うのが怖くて、逃げてばかりだった。

彼方くんのことが好きだってはっきりと認めるのが、怖くて。

彼方くんにも本当のことが聞けなくて、なにも言わず一方的に彼を避けたりして。

それも全部、あのときみたいに恋をしてボロボロに傷つくのが怖かったから……。

だけど今、鈴森さんに言われて、自分の気持ちをあらためて自覚してしまった。

ずっと気づかないふりしてたけど、ほんとは私……彼方くんのことが好きなんだ。

いつの間にか好きになってたんだ。

だからこんなにも苦しくて、彼の本音を聞くのが怖いんだ。

でもだからって、ずっとこのまま逃げてばかりなんて、そんなのよくないよね。

勇気を出して、彼に本当のことを聞いてみたほうがいいのかな。

自分の気持ちをちゃんとぶつけてみたほうがいいのかな。

それでもし、再びボロボロに傷ついたとしても、このまま逃げ続けるよりはマシなのかな……。


それから空き教室を出た私は、再び更衣室へと向かった。

廊下を歩いているとどこも人がいっぱいで、さっきよりもだいぶ校舎内が混雑しているような気がする。

周りを見渡すと、うちの学校の生徒以外にも一般のお客さんたちがたくさんいて、その中には他校の制服を着た生徒の姿も目立っていた。

あちこちから笑い声やお店のかけ声が聞こえてきて、みんな楽しそう。

そんなふうにキョロキョロしながら歩いていたら、ふとすれちがった誰かと肩がドンとぶつかってしまった。

その瞬間、相手の手に持っていたカップから、ポップコーンが何粒か床にポロっとこぼれ落ちる。

私はハッとして、すぐに謝った。

「あ、ごめんなさいっ！」

よく見ると、その相手は他校の制服を着た派手な男子で、体格もガッチリしていてちょっと怖そうな人だ。

そのすぐ隣には、友達らしき男の子がもうひとりいる。

ぶつかった男は、立ち止まるとこぼれたポップコーンを見つめながら、大きな声で威嚇《いかく》するように言った。

「おいおいおい〜、ちょっとなにしてくれてんの〜？」

あきらかに怒っている様子の彼を見て、ビクッと肩が震える。

ど、どうしよう……。

「気をつけて歩いてくんないと困るよ〜、メイドちゃんよぉ」

「ほ、本当にすみませんでした！」

慌ててもう一度謝ったら、男はそんな私のことをなぜかジロジロと見てきた。

「って、よく見るとこの女、結構かわいいじゃん」

「あ、たしかに」

男の発言に、隣にいた友達も同意する。

「仕方ねぇな、お詫びになにかご奉仕《ほうし》してくれたら許してやるよ。なにしてもらおうかな〜」

……えっ、ご奉仕？

急にとんでもないことを言われて、思わず顔がひきつる。

たしかにぶつかったのはよそ見していた私が悪いけれど、それでこんなふうにナンパみたいなことを言われるとは思わなかった。

「とりあえず、そのカッコのまましばらく付き合ってもらおうか。だってキミ、メイドなんでしょ？　だから今から俺がご主人様ね」

「えぇっ！　そ、そんな……っ」

「なに言ってんの？　自分が悪いんだろ？」

そう言って、強引に私の手首をギュッと掴んでくる男。

「いやっ、離して！」

私は怖くなって必死で抵抗したけれど、力が強くてとてもかなわない。

そのまま男は私の手首を引っ張ってスタスタ歩きだす。

「ほら、いいからさっさとご主人様のこと案内しろよ」

「やだっ……」

「やだ、じゃねぇだろ～？」

「雪菜っ!!」

するとそこで、急にどこからか、大声で私の名前を呼ぶ声が聞こえて。

ハッとして振り返ったら、そこにはなんと、焦ったような表情でこちらに向かって駆けよってくる彼方くんの姿があった。

ウソでしょ。どうして……。

「おいお前、なにしてんだよ！　離せよっ！」

彼方くんは男の腕を掴み、私から引きはがすと、とっさに片腕で私のことを抱き寄せる。

その瞬間、心臓がドクンと大きな音を立てて飛び跳ねた。

「雪菜に触るんじゃねぇよ！」

大声で男を怒鳴りつける彼方くん。

「あ？　誰だよお前。お前のほうこそ邪魔すんじゃねぇよ」

男は突然の彼方くんの登場にイラついた表情で返す。

「なんだこいつ。女みてぇな顔しやがって。お前には関係ねーだろ」

そして、そう言い放つと勢いよく彼方くんに掴みかかろうとしてきた。

――パシン！

彼方くんは、瞬時にその男の手首を片手で受け止める。

「……うるせぇ。関係あんだよ。この子に手ぇ出したら俺が許さねぇから」

そう言って男をまっすぐ睨みつける彼は、いつになく険しい表情をしていて。

そんな彼の姿を見ていたら、なんだかものすごくドキドキして、胸が苦しくなった。

どうしよう。まさか、彼方くんが助けてくれるなんて。

私昨日、あんなひどいことを言ったばかりなのに……。

すると男は、ますます怒ったように彼方くんをキッと睨み返す。

「……っ、カッコつけてんじゃねぇぞコラ！」

そして掴まれた手を振り払い、今度は手をグーにして殴りかかろうとしてきた。

思わずぎゅっと目をつぶる。

するとその瞬間、どこからか大きな音でスマホの着信音が鳴るのが聞こえてきて。

それに気づいた男は急にハッとした様子で手を止めると、自分の制服のポケットにその手を突っこみ、そこからスマホを取り出した。

どうやら今の着信音は、彼のスマホの音だったみたい。なんというタイミング。

画面に表示された名前を見た瞬間、慌てて電話に出る男。

「……あ、先輩っ！　はい、はい……。す、すんませんっ！　了解っす！　今すぐ行きます‼」

　そして彼は、焦った様子で電話を切ると、すぐさまうしろを振り返り、一緒にいた友達に声をかけた。

「おい吉田《よしだ》、今先輩から電話きたんだけど、お前らなにしてんだ早く来いってキレられた。やっべぇ……」

「ゲッ、マジかよっ」

　その電話の相手がよっぽど怖い先輩だったのか、急に顔色を変えて焦り始める男たち。

　するとその隙に……といわんばかりに、彼方くんが私の腕をギュッと掴むと、その場から私を連れ去るように走りだした。

「雪菜、逃げるぞ！」

「えっ……」

　彼に言われるがまま、そのあとをついて自分も走る。

　なんだかうれしいような、泣きたくなるような、なんとも言えない複雑な気持ちだった。

　彼方くんに手を引かれながら、いろいろと思いを巡らせる。

ねぇ、どうしてなんだろう。

どうして彼はこんなふうに私を助けてくれたりするんだろう。

こんなことされたら、やっぱり勘違いしてしまいそうになるよ。

彼は本当に、私のことが好きなんじゃないかって……。

だけど、あのときの彼の言葉を思い出すと、信じられないと思ってしまう。

どうしたらいいのかな。

彼方くんは、本当は、私のことをどう思ってるの？

彼の本音が知りたい。

彼の口からちゃんと、本当のことを聞きたいよ……。

そのまま遠くへ逃げるようにしばらくふたりで走って、人けのない校舎の端まで来たところで、彼方くんが足を止めた。

「はぁ、はぁ……」

私が胸に手を当て呼吸を整えていたら、彼方くんが声をかけてくる。

「ごめんな、走らせちゃって。大丈夫か？」

「だ、大丈夫。ありがとう」

顔をあげ、お礼を言ったら、彼は心配そうに私の顔をのぞきこんできた。

「ほんとに？　さっきのヤツに変なことされなかった？」

「うん。なにもされてないよ」

「そっか。ならよかった」

私がうなずくと、ホッとしたように微笑む彼。

その瞬間目が合って、思わずドキッとする。

だけど同時にすごく切ない気持ちになってしまう。

こうして見ると、やっぱり彼はなにも変わらないから。

いつもどおり優しくて、温かくて、まっすぐで。いつだって、私のためにすごく一生懸命になってくれて。

これが全部ウソの姿で、本性はまるで別人だなんて、そんなふうにはとても思えない。

信じられないよ……。

そのまま黙りこんでしまった私に、彼方くんが不思議そうな顔で問いかけてくる。

「雪菜……？　どうした？」

私はどうしようか迷ったけれど、ここでまたなにも言わず逃げてしまったらいけないような気がして、おそるおそる口を開いた。

「ねぇ。どうして……」

思わず声が震える。

「どうしてそんなに、優しくするの……？」

私昨日、『構わないで』って言ったばかりなのに。

裏では私のこと、あんなふうに言ってたくせに。

私のこと、本気じゃないんでしょ？　遊びだったんでしょ。

だったらお願いだから、これ以上期待させないでよ。

私が問いかけると、彼方くんは真顔で私の顔を見つめながらはっきりとこう言った。

「そりゃもちろん、雪菜のことが好きだからに決まってるだろ」

当たり前のように口にする彼。

だけど、そんなふうに言われると、ますます胸が苦しくなる。

もしこれが私を口説くためのウソなんだったら、こんなふうに平気な顔でウソをつけてしまう彼が、理解できない。

「……ウソつき」

私がボソッとそうつぶやいて彼方くんの顔を見上げると、彼はギョッとしたように目を見開いた。

「えっ!?」

「私のことなんて、本気じゃないくせに……っ」

言いながら、目に涙がどんどんあふれてくる。

同時にふたをしていたはずの気持ちが一気にあふれだしてきて。

「ウソだったんでしょ、全部。私、せっかく信じてみようと思ったのに……。彼方くんなら、信じてみてもいいかなって思ってたのにっ……」

気がつけば、ポロポロと涙がこぼれ落ちて、止まらなくなっていた。

「え……っ。ちょっと待って。ウソってなに？　なんで？」

いきなり泣きだした私を見て、ひどく動揺する彼方くん。

「でもやっぱり、信じられない。彼方くんにとって私は、ゲームみたいなものだったんでしょ」

「……なっ、そんなわけねぇだろ！　どうして急にそんなこと……」

あくまで否定しようとする彼の言葉をさえぎるように、私は続ける。

「だって私、彼方くんが教室で話してるの聞いたもん！　恋愛なんてゲームと同じだって。ぶっちゃけあんなのお遊びだって！」

その瞬間、とうとう言ってしまった、と思った。

「え……」

彼方くんはハッとした顔で数秒固まる。

それを見たら、やっぱりあれが本心だったのかなと思う。

「私のこと、からかってもてあそんでただけなんでしょ。口説いてその気になってるの見て、おもしろがってたんでしょ！」

悲しくて、悔しくて、思わず感情的になってしまう。

そんな私の腕を、彼方くんが困った顔でガシッと掴む。

「いや、待てよっ！　違うから。あれは……っ」

だけど私にはもう、なにを言われても言い訳にしか聞こえなくて。

「もういいっ！」

「雪菜っ！」

彼の手を勢いよく振り払おうとしたら、そこで突然、校内放送のアナウンス音が鳴った。

——ピーンポーンパーンポーン。

その音がやけに大きくて、思わずふたりともそちらに意識がいく。

「本日十四時より、二年一組の演劇『王子の初恋』が体育館にて上演されます。出演者の方は、今すぐ体育館にお集まりください」

しかもそれは、ちょうど彼方くんが出演する予定の劇の招集を告げる内容で。

それを聞いた彼は、パッとポケットからスマホを取り出すと、すぐさま時間を確認した。

「やべ、もうそんな時間か……。あっ」

そして急になにかひらめいたように、同じポケットからチラシのようなものを取り出して、私に手渡す。

「雪菜、これ」

「え？」

見るとそれは、彼方くんのクラスの劇の宣伝用のビラのようだった。

「俺が今から出る劇なんだけど、絶対見に来て。このあと体育館でやるから」

「……なっ」

いきなり真顔で劇の宣伝をされて戸惑う私。

ちょっと待って。どうしたの急に。

だって今、そんな話をしていたわけじゃないのに。もっと大事な話をしていたはずなのに。

それがなんで劇の話になっちゃうの？

「イ、イヤッ。行かないっ」

だから私は少しムッとした顔で断った。

すると彼方くんは、そんな私の手を片手でギュッと握ると真剣な表情で言う。

「頼むから、絶対に来て。雪菜に見てほしいんだ。最後まで」

「……っ。で、でも……」

「そこで全部証明する」

「えっ……？」

証明？　どういう意味？

意味深なことを言われて、思わず目を見開く。

「お願い。雪菜が来てくれるの待ってるから」

彼方くんはそう言って最後にもう一度念を押すと、劇に出演するため、急いで教室を出て行った。

ウソ。行っちゃった……。

呆然とその場に立ち尽くす私。

どうしよう。結局、私が一方的に本音をぶつけただけで、彼の本心を聞くことができないまま終わってしまった。

八つ当たりみたいになっちゃったし、本当私、なにやってるんだろう。

だけど、そんなふうにモヤモヤしながらもやっぱり、さっきの彼の言葉がすごく気になって。

『そこで全部証明する』

少し迷ったけれど、その言葉の意味をたしかめるためにも、私は劇を見に行くことにした。

劇の上演時間が近づくにつれて体育館には人がどんどん集まってきて、開始直前には会場全体の三分の二以上がお客さんで埋まっていた。

私は璃子と一緒に少し早めに来ていたので、わりと前のほうに場所を取ることができて、開始時間までふたりで座って話していた。

「すごい人だね〜、クラスの劇発表だっていうのにさ。しかも、完全オリジナル脚本で、配役も内容も秘密なんでしょ。それでこれだけ客集めちゃうの、すごいよね」

璃子が隣で感心したように語る。

彼女はあのあとチャイナドレス姿のままバイト先の先輩と学祭をまわって楽しんだみたいで、いつも以上にテンションが上がってるみたい。

そのせいか、私は泣いたあとで赤くなった目にも気づかれず、なにも突っこまれなかったので助かった。

「そ、そうだね。逆に秘密にしてたから、みんな気になって見に来たのかな？」

「うーん、それもあるとは思うけど、やっぱり彼方くんが主役で出るからっていうのもあるんじゃない？　彼、学年問わず人気あるし」

「劇のタイトルも今日発表されたけど、『王子の初恋』っていうんだってね。ってことは、主役の彼方くんは王子の役なのかな？」

言われて先ほど彼方くんからもらった劇のビラを確認してみる。

すると、たしかにそこには『王子の初恋』と書かれていて、出演者の名前も一部掲《けい》載《さい》されていた。

題名からしておとぎ話みたいなのを想像してしまったけれど、いったいどんな劇なんだろう。

それに、なによりもさっきの彼の言葉が気になって。なんだかずっとそわそわして落ち着かない。

「楽しみだねぇ。あ、そろそろ始まる時間だよ」

そこで璃子がうれしそうに声をあげると同時に、体育館の照明が少し暗くなる。

そして、幕が閉まったステージの端から、司会者がマイクを持って現れた。

「どうも、みなさんこんにちは！　お待たせしました！　今から二年一組の演劇『王子の初恋』が始まります！　上演中は私語を謹《つつし》んで、静かに鑑賞《かんしょう》してくださいねー！」

声が大きくテンション高めの司会者が、劇の案内や鑑賞についての注意を語りだすと、だんだんとざわついた館内が静かになる。

そして、ナレーターの語りとともに、とうとう劇が始まった。

ステージの幕が開くと、王子様姿の彼方くんが現れ、会場内にキャーキャーと歓声が沸き起こる。

「キャー！　彼方くん！」

「カッコいい〜!!」

彼は王子の衣装がとても似合っていて、その姿はどこから見ても本物の王子様にしか見えなかった。

スポットライトが似合う人とは、こういう人のことを言うんだろう。

ステージの上の彼がまぶしすぎて、なんだか今は少し遠くに感じてしまう。

「俺はこのスターライト王国の第二王子、アルト。生まれた時からこの恵まれた容姿のおかげで、たくさんの人に愛され、チヤホヤされて育ってきた。そして……」

最初は王子の自己紹介のひとり語りから始まったこの劇。

彼方くんはアルト王子という名前で、容姿端麗《たんれい》でモテモテで周りからチヤホヤされているという設定らしく、なんだか本人そのままで、わざと似せたのかなと思えてしまう。

だけど、その王子の語りが終わると、次から急にとんでもない場面になって、思わずギョッとした。

「王子様、今日はこれから私のお部屋に遊びに来てくれるんでしょ？」

「ダメよっ。アルト王子は今日は私と約束してるのよ！」

たくさんの姫に囲まれハーレム状態の王子。姫たちはみんな王子の取り合いをしている。

そんな中、姫たちの肩を抱いたり頬に触れたりしながら、全員に甘い言葉を吐く王子。

「アンジェラ、今日もかわいいね」

「会いたかったよ、ジェニー」

その王子のとんでもないチャラ男っぷりに、会場がまたどよめく。

「え、ちょっとなにこの劇！　ウケるんだけど！」

なんて、隣で見ていた璃子も笑っている。

私はちょっと渋い顔でステージを見つめながらも、彼方くんの本気のチャラ男演技に驚いていた。

たしかに彼、演技を褒められたとは言っていたけれど、まさかこんなに役になりきってるなんて……。

どうやらこの王子、いろんな女の子を口説いてはポイする遊び人らしい。

これのどこが初恋のお話なんだろう。

その後もチャラい王子が何人もの姫たちを口説くシーンが続き……。

「大丈夫。本命はお前だけだから。愛してるよ」

「あの子は遊び。俺が本気で好きなのはお前だけだよ」

いろんな子に向かって歯の浮くようなセリフを吐く彼を目の前にして、ただの劇だとわかってるのに、なんだか複雑な気持ちになった。

もしかして彼方くん、私の前でもこんなふうに演技してただけだったのかな……なんて、そんなよからぬことを考えてしまう。

するとそこで、場面は王子が仲のいい同い年の従弟《いとこ》とふたりで部屋で語り合うシーンへと移り変わる。

アルト王子がマリアという隣国の超絶美人なお姫様とデートした自慢話を従弟に話し、それを聞いた彼がうらやましそうにしていたら、アルト王子が急にこんなことを言いだした。

「まぁ、ぶっちゃけあんなのお遊びだけどな」

えっ……？

どこかで聞いたことのあるセリフに、ドクンと心臓が飛び跳ねる。

あれ？　ちょっと待って。これって……。

「えっ、なんだよそれ。じゃあお前、最初から本気じゃなかったの？」

「当たり前じゃん。手に入れるまでが楽しいんだよ、恋愛なんて。ゲームと同じでさ。今回も、俺が全力で口説いたら、向こうもだいぶその気になってくれたみたいだし、チョロいもんだよ」

続けて彼らの口から飛びだしてきた言葉に、唖然として固まる私。

ウソ……。ウソでしょ。

じゃあまさか……。

あのときのあの言葉は全部……この劇のセリフだったってこと？

あれはただ、教室で劇の練習をしてただけだったの？

そんな……っ。

それに気づいた瞬間、思わず体がぶるぶると震えた。

同時にホッとして泣きそうになる。

なんだ、そうだったんだ。

なんだ……。

やだもう。私ったら、本当にバカ。バカすぎるよ……。

なんという勘違いをしていたんだろう。

ありえないよね。早とちりもいいところだ。

彼は最初からなにひとつウソなんかついていなかったのに。

彼の言葉は全部、本物だったのに。

私は陸斗先輩のときみたいに騙されたんだと勝手に思いこんで、彼の気持ちを疑って、あんなふうに避けたり、ひどいことばかり言ってしまった。

最低だよね。ごめんね。

彼方くん、ごめんなさい……。

思わず目に涙がにじんでくる。

彼に対して申し訳ない気持ちでいっぱいで。

だけど、それ以上に心の底からホッとして、救われた気持ちになった。

彼があのとき言っていた言葉の意味を、初めて理解する。

『そこで全部証明する』

あれは、こういう意味だったんだ。

だから彼はあのとき、私に劇を見に来るように言ったんだ。

彼方くんは本当になにも変わっていなかったんだ。

全部、私がひとりで勝手に勘違いしていただけだったんだね。

バカだなぁ……。

でもよかった。

本当によかった。

やっぱり彼のことを疑ったりなんてしちゃいけなかったんだ。

彼方くんにはあとできちんと謝らなくちゃ……。

劇はその後も滞《とどこお》りなく進行し、ストーリーがさらに展開していく。

アルト王子はある日町人のフリをしてふらっと街に出かけ、そこである町娘の少女マヤと出会う。

するとそのシーンでもまた、大きな歓声が起こった。

なんとその町娘役の子は、女装した男の子で。

もとから小柄で童顔な男子だったため、メイクをしてウィッグをつけていたら正直なんの違和感もなくて驚いた。

すごくかわいくて、本当に女の子みたいだ。

たくさんいる兄妹の世話をしながら毎日せっせと靴屋の仕事を手伝うマヤに興味を持ち、何度か会ううちに彼女と仲良くなった王子。

彼は最初自分の身分を隠していたが、あるとき王子だとバレてしまった。それでもふたりの関係は変わらない。

王子は自分になびかないうえに、自分を特別扱いしないマヤのことを新鮮に感じ、彼女のがんばり屋な姿にだんだんと惹かれていく。

そしてあの手この手で口説こうとするけれど、彼女はそう簡単には王子に落ちてくれない。

そんな彼女にヤキモキしながらも、一生懸命がんばる王子。

そしていつからか彼は、ほかの女の子にすっかり興味をなくし、本気でマヤのことを愛するようになっていた。

そこでようやくこの劇のタイトルを理解する私。

初恋っていうのは、そういうことだったんだなと思う。

相手にされないながらも一生懸命マヤのことを振り向かせようとするアルト王子を見て、なんだか今までの彼方くんの姿と重ねてしまい、ちょっぴりなつかしい気持ちになった。

そういえば、彼方くんも最初はただのチャラ男にしか見えなかったけれど、手紙をくれたり、図書室に通ったり、わざわざ髪型を変えたり、いろいろしてくれたんだっけ。

私が告白を断っても彼はあきらめないでいてくれたし、ずっとまっすぐに私のことを思ってくれて、気持ちを伝え続けてくれた。

そんな彼に、いつの間にか自分も恋をしていたんだ。

初めての恋でボロボロに傷ついて、もう恋なんてしないと思っていた私の固く閉ざした心の中に、彼はスッと入ってきて、優しく溶かしてくれた。

そして、いつの間にか、自分の中で彼の存在がとても大きなものになってたんだ。

思い出すと、いろいろあったな……。

さらに劇は後半へと進むと、ストーリーが急展開。

ある日、身分の低い町娘のマヤと王子が親しくしていることを偶然知った隣国のマリア姫が、彼女に嫉妬。こっそりと家来《けらい》に命じて彼女をさらい、オオカミの住む森の中の小屋に閉じこめてしまう。

いなくなったマヤを必死で探し回る王子。そして、町中のいろんな人に話を聞いてまわり、ようやく森にある小屋へとたどり着き、彼女を見つける。

なんとか無事にマヤを救出した王子だが、その帰り道、ふたりはオオカミの大群に襲われてしまった。

剣を片手に必死でオオカミと戦い、彼女を守りながら逃げる王子。その途中、彼はオオカミに噛みつかれ大ケガを負うが、ふたりはその後、なんとか無事に森の外に脱出する。

そこで劇はいよいよクライマックスへ。

力尽きて倒れこんだ王子を前に、『死なないで！』と泣きながら訴えるマヤ。

会場が一気に静まり返り、みんなが彼方くんたちふたりの演技に注目する。

アルト王子はそんなマヤに微笑みながら、『キミのためなら命など惜しくない』と言い、愛を告白。

彼が『無事国に帰ることができたら、俺と結婚してほしい』とプロポーズすると、マヤは泣きながらうなずいた。

私も彼方くんたちの迫真の演技に、思わず見入ってしまう。

するとそこに、ちょうど救出に来た王子の国の兵士たちが現れ、彼はなんとか無事一命をとりとめる。

そして最終的にふたりは結ばれ、めでたく結婚。劇はハッピーエンドで幕を閉じた。

終演と同時に、体育館中が拍手と歓声の渦に包まれる。

私も最初はいったいなんの劇だろうと思いながら見ていたけれど、最後まで見るとなかなかよくできたストーリーで楽しめたし、ラストはちょっぴり感動してしまった。

「ありがとうございました!!」

終わったあと再び幕が開くと、出演者がぞろぞろと衣装のままステージの上に出てきて、みんな揃って挨拶をする。

最後まで立派に演じきった彼方くんは、実にすがすがしい表情をしていて、なんだかいつも以上にキラキラして見えた。

「いやーすばらしい劇でした！　みなさん熱演してましたね！　それでは最後に出演者の方に少しお話伺ってみましょうか！」

司会者がそう言ってもう一本マイクを手に取ると、それを持って彼方くんのほうへと駆け寄っていく。

「まずは主演の王子役、一ノ瀬彼方くん！　演じてみた感想をお聞かせいただけますでしょうか！」

マイクを受け取った彼方くんは、観客みんなに向かって笑顔で挨拶をする。

「どうも、アルト王子の役をやらせていただきました、一ノ瀬彼方です。今日はみんな、二年一組の劇を見に来てくれてありがとう！」

その瞬間、再びワーッと歓声が起こって、会場が一気に盛りあがった。

「チャラ男の王子役、いかがだったでしょうか？　クラスのみんなにこの役をやるならお前しかいないと推薦されてやることになったこの王子役、俺にぴったりだと思ってる方もたくさんいるみたいでちょっと不服なんですが……っておい、そこ笑うな！」

彼方くんがしゃべる横でクスクス笑いだした出演者たちのほうを指さし、笑いを取る彼方くん。

それを聞いて、ぎゃははとウケたように笑う観客たち。

それにしても、これだけたくさんの人を前にしてもまったく緊張している様子がなく、堂々としている彼は本当にすごいなぁと感心してしまう。

「でも、自分でも結構ぴったりな役だったんじゃないかと思ってます。王子、最初は最低な役でしたね。でも、彼も最後は真実の愛に目覚めます。つまり、本気の恋を見つけたわけです」

話していくうちに、だんだんと真面目な顔になる彼方くん。

劇の内容について語る彼の姿を、会場のみんなが静かに見守る。

「本気で誰かを好きになると、人は変わる。これは、そういうお話です。実を言うと、俺もそうでした」

だけどそこで突然、彼が思いがけないことを口にしたので、一気に周りがざわついた。

私も一瞬ドキッとしてしまう。

「え……？　なになに？」

「ウソッ。俺もそうって、彼方くんが……？」

あちこちからヒソヒソと話し声が飛び交う中、彼は続ける。

「今、俺には本気で好きな人がいます。彼女にはもう何回も気持ちを伝えてるんですが、今日あらためてこの場を借りて伝えたいと思ってます」

……えっ⁉

さらに彼方くんは、もっととんでもないことを言いだしたので、途端に会場全体がどよめいて、大騒ぎになってしまった。

「えーっ！　ウソでしょ⁉」

「マジで？　なんだなんだ⁉　告白か？」

「えっ、相手誰⁉」

予想もしていなかった展開にびっくりして固まる私。

心臓がバクバクと音を立て、止まらなくなる。

ウ、ウソでしょ……。どうしよう。

彼方くん、本気なの？

こんな大勢の前で、なに考えてるんだろう。

「キャー！　ちょっと、雪菜‼」

隣にいた璃子も叫びながら私の肩をバンバンとたたく。

「こ、これはすごい展開です！　なんとここで、まさかの告白タイムだー！」

司会者も興奮した様子でしゃべりだす。

そんな中、彼方くんがマイクを通して大きな声で名前を呼んだ。

「二年三組の、市ノ瀬雪菜さん」

その瞬間、ビクッと体が跳ねる。

顔をあげると、ステージの上の彼方くんと目が合って。

「キャーッ!!」

「おおーっ!!」

女子たちの叫び声や、男子たちの盛りあがる声が聞こえてくる中、司会者が「それではお相手の市ノ瀬さんにはその場で立っていただきましょうか」なんて言いだしたので、私は恥ずかしくてたまらなかったけれど、仕方なくその場に立ちあがった。

緊張のあまり、手足が震える。

どうしよう。なにこれ……。

まさか、こんな展開になるなんて思ってもみなかった。

彼方くんは立ちあがった私の顔を見つめながら、ゆっくりと語りだす。

「劇、観に来てくれてありがとう。来てくれなかったらどうしようかと思ったけど、よかった」

すると、次第に会場全体も静かになり、気づけば彼の声だけしか聞こえなくなった。

ステージの上と下で向かい合い、見つめあったら、急にいろんな感情がこみあげてくる。

「こんな場所からでごめん。でも、真剣だってわかってほしいから。ここにいるみんながら、俺の気持ちの証人」

えっ……。

「もう何回も言ってるし、聞き飽きたかもしれないけど、もう一回言わせて」

彼方くんがそう言って、ひと呼吸置く。

シーンと静まり返る体育館の中。

「俺は、雪菜のことが好きです」

彼の口からはっきりと放たれたその言葉を聞いた瞬間、思わず目頭が熱くなった。

「この気持ちに一ミリもウソはないから。信じてほしい」

ドクドクと心臓の鼓動が早まっていくのがわかる。

なんだろう。彼の気持ちはずっと前から知っているはずなのに。

あらためてこんなふうに伝えられたら、泣きそうになってしまう。

「あの日からずっと雪菜のことしか見えてないし、今まで言ったことも全部、俺の本音。だから、雪菜がまだ少しでも俺のことを信じる気持ちがあるなら、どうか……俺と付き合ってください！」

そう言って、しっかりと頭をさげる彼方くん。

「絶対幸せにする。俺の気持ちはブレないから。一〇〇％本気だから」

まっすぐな彼の言葉に、胸がギュッと締めつけられる。

「雪菜の気持ち、聞かせて」

彼方くんが再び顔をあげると、体育館が再びシーンと静まり返った。

そんな中、今まで黙っていた司会者が口を開く。

「さ、さぁ……果たして答えはどうなんでしょうかー!?」

そこにいたみんなの視線が今度は一気に私のほうへと集まる。

だけど私はもう、そんなことはどうでもいいと思えるくらいに胸がいっぱいだった。

彼方くんのまっすぐな気持ちが痛いほどに伝わってきて、うれしくて。

すぐには言葉が出てこない。

ねぇ、やっぱり彼方くんはすごいよ。

かなわないよ。

ここまでされたら私、とても彼のことを『信じられない』なんて言えない。

言えるわけがないじゃない……。

思わず目からポロポロと涙がこぼれ落ちてくると同時に、彼への想いがこみあげてくる。

今度こそ、言わなくちゃ。

私も、彼に伝えなくちゃ。自分の本当の気持ちを……。

「……わ、私も……好きっ」

沈黙の中、震える声を絞りだすように口にする。

どうしよう。涙が止まらないよ。

「だからっ……よ、よろしくお願いしますっ！」

泣きながらそう告げて自分も頭をさげたら、その瞬間会場内に大歓声が起こった。

「おおーーっ!!」

「キャーッ!!」

同時にパチパチと拍手がわき起こり、瞬く間にみんな立ちあがったりして大騒ぎになる。

「な、なんと、両思いだーっ!!」

司会者もうれしそうに大声を張りあげる。

そんな中、ドキドキしながら再びステージの上の彼方くんのほうへと視線を戻す私。

すると、彼方くんはそこで手に持っていたマイクを捨てると、突然ステージから飛び降りた。

そして人混みをかき分けながら、私のほうへと駆け寄ってきて、目の前まで来ると、そのまま私をギュッと強く抱きしめる。驚くと同時にドキッと跳ねる心臓。

みんなが見てる中、正直恥ずかしい気持ちもあったけれど、それ以上に幸せな気持ちでいっぱいで、自分も彼の背中に手をまわした。

「やばい、夢みたいなんだけど……。雪菜の気持ち、やっと聞けた」

耳元でそう言われて、思わずまた目に涙が浮かんでくる。

「もう、びっくりしたでしょ。まさか、こんな大勢の前で告白するとか……」

「ごめん。だって、こうするしか思いつかなかったんだよ」

「めちゃくちゃ恥ずかしかった」

私がそう言うと、再び謝ってくる彼。

「うん、ごめんな。俺も恥ずかしかった」

「ウソでしょ」

「ほんとだよ」

「でも、うれしかった……」

だけど、そこで私がひとことつけ足すようにボソッとつぶやいたら、彼はさらにギュッと腕の力を強めた。

「俺も……うれしすぎて死にそう」

そう口にする彼が本当にうれしそうだったので、思わず笑みがこぼれる。

「大好きだよ、雪菜。絶対大事にするから」

耳元で彼方くんの優しい声が響く。

「もう俺、雪菜さえいれば、なにもいらない」

そんなふうに言われたらやっぱり、うれしくてたまらなくて。

みんなに抱き合ってるのを見られてることなんて、なんだかどうでもよくなってきてしまった。

ようやく思いが通じた幸せをかみしめるように、彼の背中に回した手に力をこめる。

私だって、彼方くんさえいれば、ほかにはなにもいらない。そんな気持ちだった。


あの公開告白のあと、みんなに冷やかされて大変なことになった私たちは、人目《ひとめ》を避けるかのようにふたりで屋上へと逃げこんだ。

フェンスの前にふたりで腰かけ、そこで私は彼方くんに今までのことを謝ることに。

「あの……勘違いしてごめんね」

隣を向いて、申し訳なさそうに彼を見上げる。

「バカだよね、私。まさか劇のセリフだったなんて思わなくて……」

あらためて思い出すとなんだかとても恥ずかしくて、本当に申し訳ない気持ちでいっぱいだった。

「はは、大丈夫だよ。いやでも俺もまさか、よりによってあのシーンを雪菜に見られてるとは思わなくてびっくりした」

彼方くんは全然気にしないという顔で笑ってくれる。

「結構最低なこと言ってるからな。俺らあのとき衣装も着ないで練習してたし、あれは勘違いしても仕方ないよな」

「ほんとにごめんね」

「いいよもう、気にすんなって」

何度も謝る私の頭にポンと右手を置いてくる彼。

「それに俺、今はめちゃくちゃ幸せだから、そんなことはどうでもいい。雪菜と両思いなんて、いまだに夢見てるみたいだし」

彼方くんが照れたようにはにかむ。

「マジで……夢なんかじゃないよな？」

「うん」

「俺、本当に今日から雪菜の彼氏になっていいの？」

彼はそう言って今度は右手で私の手を握ると、上目使いで顔をのぞきこんできた。

「……うん。もちろんだよ」

照れくさかったけど、はっきりとうなずいた私。

手をつないだまま至近距離で見つめられたら、なんだか急にドキドキしてくる。

するとそんな私に彼方くんが問いかける。

「じゃあ、キスしてもいい？」

「えっ！」

突然思いもよらないことを聞かれて、心臓がドキッと飛び跳ねた。

ど、どうしよう……。

いざそんなふうに言われると、めちゃくちゃ恥ずかしい。

熱のこもった瞳でじっと見つめられて、心拍数がますます上昇する。

でも、私たちもう付き合ってるんだもんね。

なんだかまだ実感がわかないけれど、彼方くんが今日から私の彼氏なんだ。

内心ものすごく緊張しながらも、コクリと無言でうなずく。

すると、そのままゆっくりと彼の顔が近づいてきて、優しく唇が重なった。

柔らかい感触がすると同時に、全身が一気に熱を帯びる。

あぁもう、ドキドキしすぎて心臓止まりそう。

キスってこんなにドキドキするんだっけ……。

そっと唇が離れると、彼方くんと再び目が合う。

たぶん私の顔は今真っ赤だと思うけれど、彼の顔もまた、思いのほか真っ赤になっていて。意外に思っていたら、そのままギュッと両腕で抱きしめられた。

「……っ、やばい。俺、心臓が……」

「え？」

「こんなにドキドキしたの、初めて……」

思いがけないことを言われて、目を見開く私。

そうなの？　彼方くんでもキスでそんなにドキドキするんだ。

正直彼は私と違って恋愛経験が豊富だとばかり思っていたので、こんなリアクションをされるとは思わず驚いた。

「好きだよ。すっげぇ好き……」

彼方くんがそう言って、腕にギュッと力をこめる。

彼の体温に包まれて、熱くなった体がもっと熱を帯びていくのがわかる。

だけど、すごく幸せで心地いい。

そのぬくもりから、言葉から、彼の想いがこれ以上ないくらいに伝わってくるから。

それに応えるかのように、私も彼にギュッと抱き着いた。

「私も……大好き」

思わず素直な気持ちがこぼれてくる。

するとその瞬間、ピクッと体を反応させる彼。

「……っ。ちょっと待って。そんなこと言われたら俺、幸せすぎてどうにかなりそうなんだけど」

「えっ」

「うれしくて泣きそう」

さらにはそんなふうに言いだすものだから、びっくりする。

本当にもう、大げさなんだってば。

彼方くんが腕の力をゆるめ、そっと体を離す。

「雪菜」

名前を呼ばれ彼を見上げると、まっすぐな目で見つめられて。

「俺のこと、好きになってくれてありがとう」

彼は笑顔でそう口にすると、再び私の唇に甘いキスを落とした。

彼方くんと付き合うことになってから、約一週間が経った。

私たちはあの文化祭の公開告白をきっかけに、一躍《いちやく》有名カップルになってしまい、学校でも注目の的に。

彼方くんと一緒にいるとすれちがうたびにジロジロ見られたりするので、正直とても恥ずかしかったけれど、それ以上に両思いになれたことがとても幸せだった。

「それじゃ璃子、また明日ね」

放課後、帰りの支度を終えたあとカバンを持って璃子に声をかけたら、璃子はニヤニヤした顔で腕を小突いてきた。

「おっ、雪菜。お疲れ〜。今日も王子様と一緒に帰るのかしら〜？」

なんて言って冷やかしてくるところは相変わらずで。

「……ちょっ、王子様って、その言い方やめてよ」

「だって仕方ないじゃん。王子の姿で派手に告白してたしさぁ。彼方くんのあの顔はどう見てもリアル王子様って感じだしね。このあと彼と待ち合わせてるんでしょ？」

「うん」

ちなみに璃子は私と彼方くんが付き合うことになったのをすごく喜んでくれて。文化祭のあとに、私がそれまでのいきさつと、実は前から彼方くんに惹かれていたことを正直に打ち明けたら、『てか、そんなの知ってた。見てたらわかる』なんて言われてしまい、ちょっと拍子《ひょうし》抜けしてしまった。

私の態度、結構バレバレだったみたい。

こんなことならもっと前から璃子に相談しておけばよかったのかもしれない。

「いいなぁ〜、もう。毎日幸せそうでうらやましいわ〜」

璃子に言われて、思わず照れてしまう。

なんだかまだこういうのに慣れなくて。

こんなふうに自分に彼氏ができる日が来るなんて思ってもみなかった。

「なにか進展あったらまた教えてよね！」

ポンと肩をたたかれた私は、困ったように笑いながらうなずく。

「うん、わかった。それじゃ、またね」

「バイバーイ！」

そのまま璃子に笑顔で手を振ると、教室をあとにした。

階段をおりて、下駄箱まで向かう。

彼方くんはもう先に教室を出たかな。

そんなことを思いながら歩いていたら、下駄箱の前でふと向こう側から見覚えのある人物が歩いてくるのが見えて。

目が合ったと思ったら次の瞬間、彼は私に声をかけてきた。

「雪菜」

「……陸斗先輩」

なんだか彼と会うのは久しぶりだ。

文化祭が終わってからは、まだ一度も顔を合わせていなかったような気がする。

陸斗先輩には彼方くんのことを悪く言われたりして、さんざん言動に振り回されたから、正直今でもあまりいい感情は持っていない。

いまだになんとなく気まずい気持ちがあるし。

だけど、私と彼方くんが付き合うようになったことは、おそらく彼も知ってるんだよね？ うちのお兄ちゃんだって知ってるし……。

私がそれ以上なにを話していいかわからず黙っていたら、彼は笑顔でひとこと口にした。

「おめでとう」

「えっ？」

いきなりそんなふうに言われてびっくりする。

「いやぁ、すげーよな、アイツ。一ノ瀬くんだっけ？　あんなふうにみんなの前で告白するなんてな～。まさかあそこまでするとは俺も思わなかったよ」

思いがけないことを言われ、ますます目を見開く私。

陸斗先輩も、あの体育館での公開告白を見てたんだ。

すると彼は、今度は眉をさげ、真面目な顔で謝ってきた。

「誤解して、悪かったな。あと、いろいろ彼のこと悪く言ってたこと、謝るよ」

「えっ……」

ウソ。どうしたの、急に……。

「正直俺、ちょっと悔しかったんだよ。かわいい妹を取られたみたいでさ。でも、アイツなら大丈夫そうだな」

そんなふうに語る陸斗先輩は、なんだかとても優しい表情をしている。

まさか彼がこんなふうに謝ってくれて、彼方くんのことを見直したようなことを言うとは思わなかったので、本当に驚いた。

なんだ。先輩ったら、そんなことを思ってたんだ。

彼の態度をイヤミっぽくて意地悪に感じたこともあったけれど、やっぱり彼も根は悪い人ではないのかもしれない。

「幸せになれよ」

陸斗先輩がそう言って、私の顔を見つめながら微笑む。

「うん。ありがとう」

私はそれに笑顔でうなずくと、再び自分のクラスの下駄箱へと向かった。

なんだろう。なんだかちょっとすがすがしい晴れやかな気持ちだ。

陸斗先輩への苦手意識や気まずさのようなものが一気に解消されたような、そんな感じがして。

これでもう、彼に会うたびモヤモヤした気持ちを抱かないで済むかもしれない。

「雪菜！」

するとそのとき、下駄箱の奥のほうから彼方くんの声がして。

振り向いたらそこにはすでに靴を履き替えて待っている彼の姿があった。

「あ、彼方くん」

すぐさま自分も靴を履き替え彼の元へ急ぐ。

「おまたせっ。ごめんね、遅くなって」

すぐそばに駆け寄り声をかけたら、彼方くんはニコッと優しく笑うと、そのまま自然に手をつないできた。

「ううん、大丈夫だよ。帰ろっか」

さりげなくギュッと握られた手にドキドキしてしまう。

彼方くんは人前でも平気で手をつないでくるから、私はいまだにそれに慣れなくて、いつも照れてしまうんだ。

「……そういえばさっき、あの遠矢先輩って人と話してた？」

すると、昇降口を出たところで急に彼方くんが話しかけてきた。

その言葉で、先ほど陸斗先輩と話しているところを見られたんだと気がついた私は、わけもなくドキッとしてしまう。

「あ、うん……。偶然そこで会ったから」

「そっか」

なんだろう。彼方くんに陸斗先輩と一緒にいるのを見られるのは、いまだにちょっと気まずいというか。

以前、ヤキモチを焼かれたことがあったからかな。

すると、彼方くんはそこで少し考えたような表情をしたあと、私の顔をのぞきこんできた。

「あのさ……ずっと思ってたんだけど、もしかして、雪菜が昔好きだったのって、あの人？」

「……えっ⁉」

突然、思いもよらぬことを聞かれたので、心臓がドクンと飛び跳ねる。

ちょ、ちょっと待って。なんで……。

彼方くん、どうしてわかったのかな？

「え、えーと……っ」

驚きのあまり、動揺を隠せない私。

だけどもう、この際バレてしまってもいいかな。昔のことだし。

彼方くんには以前自分の過去の恋愛話をしてしまった手前、正直に話したほうがいいだろうし、今さら隠すことじゃないよね。

「う、うん……。実は……まぁ」

おそるおそるうなずいたら、彼方くんは納得したように言った。

「やっぱり。実はずっと、そうなんじゃないかって思ってた」

「え、ウソッ！　なんで……？」

「いや、雪菜の態度見てたらなんとなく」

……やだ。バレてたんだ。

私ったら、そんなに態度に出ちゃってたのかな。

どうしよう……。

「で、でも、もうずっと昔の話だからっ。今はもうまったく未練なんてないよ！　全然なんとも思ってないからねっ！」

誤解されたら困るので、今はなんの未練もないことを必死の表情で訴えると、彼方くんは一瞬目を見開いたあと、クスッと笑う。

「うん、そうだよな。ならよかった。でも、そうはいってもやっぱりちょっとムカつくよなぁ。雪菜のこと傷つけたのかと思うとさ」

「えっ」

彼方くんがそう言って、手をつないだまま私のほうを振り向き、立ち止まる。

「でも、大丈夫。俺は絶対裏切らないよ。なにがあっても」

ギュッと手を強く握られて、じっと目を見つめられて。

「今までの悪い思い出も全部、俺が塗り替えるから。雪菜のこと、幸せでいっぱいにするよ」

「……っ」

「約束する」

そんなふうに言われたら、うれしくて思わず涙が出そうになった。

「ありがとう……」

そう言って彼の手を強く握り返す。

彼方くんは、やっぱりすごい。私がほしい言葉を全部くれる人。

この人なら信じられるって、そう思わせてくれる人だ。

彼のことを好きになってよかったと、心からそう思う。

彼方くんに出会えて、本当によかった。初めて付き合ったのがこの人で本当によかった。

私、今度こそ、幸せな恋をしよう。

もう自分を、あきらめたりしない。幸せになることから逃げたりなんてしないから。

あなたとならきっと、大丈夫——。

Fin.

あとがき

こんにちは、青山そららです。このたびは『キミさえいれば、なにもいらない。』を手に取ってくださって、本当にありがとうございます！

今回の作品で、野いちご文庫からの出版は三冊目となりました。これもすべて、いつも応援してくださる皆様のおかげです。本当に感謝の気持ちでいっぱいです！

今作は信じることをテーマに、初恋のトラウマから男性不信になってしまった雪菜が、彼方と出会って一途に愛されることによって、だんだんと凍りついた心がとかされていくようなお話にしたいなと思って書きました。

過去の恋愛で傷ついて自分に自信が持てなくなってしまった雪菜は最初、自分には幸せな恋なんてできないとあきらめてしまっていました。

素直な気持ちを言葉にするのが苦手な雪菜は一見ツンデレに見えますが、すごく不器用な子です。一方彼方は一見チャラそうに見えて、実はピュアでまっすぐで、好きな子のためならとことん頑張る男子です。

　雪菜が彼方と出会って幸せな恋を知ったように、この作品を読んでくださった方も最後は幸せな気持ちになってもらえたらいいなと思って書きました。

　また、私は一途な男の子が大好きなので、今回のヒーロー彼方も超一途な男の子にしたつもりなのですが、いかがだったでしょうか。

　雪菜にベタ惚れな彼方を書くのは、私自身もすごく楽しかったです。

　彼方のストレートな愛情表現や、一途に雪菜を思い続ける姿に少しでもドキドキしたりキュンとしてもらえたのなら嬉しいです！

　最後になりましたが、今回も作品のイメージにピッタリな可愛すぎるカバーイラストや口絵漫画を描いてくださった花芽宮《かがみや》る様、デザイナー様、この本に携《たずさ》わってくださった皆様、本当にありがとうございました。

　そして、最後まで読んでくださった皆様に深く感謝申し上げます。

　これからも少しでも皆様の心に残るような作品を書けるよう頑張っていきますので、どうぞよろしくお願いいたします。

二〇一九年　一〇月二十五日　青山そらら

作・青山そらら（あおやまそらら）

千葉県在住のA型。コーヒーとバンド音楽と名探偵コナンが好き。趣味はカラオケ、詩や小説を書くこと。読んだ人が幸せな気持ちになれるような胸キュン作品を書くのが目標。2016年8月、『いいかげん俺を好きになれよ』が「野いちごグランプリ2016」ピンクレーベル賞を受賞し、デビュー。著書に『もう一度、キミのとなりで。』『俺がずっと、そばにいる。』などがある。本作は8作目の書籍化作品。現在、ケータイ小説サイト「野いちご」にて執筆活動を続けている。

絵・花芽宮るる（かがみやるる）

3月生まれのおひつじ座。青森県出身、神奈川県在住。恋をしている女の子を描くのが好きなイラストレーター。
趣味は夫とのカフェ巡り。書籍の装画や漫画の寄稿などで人気を博す。単行本『昨日よりずっと、今日よりもっと、明日のきみを好きになる。』（スターツ出版刊）発売中。

青山そらら先生への
ファンレター宛先

〒104-0031　東京都中央区京橋1-3-1　八重洲口大栄ビル7F
スターツ出版（株）書籍編集部気付　青山そらら先生

この物語はフィクションです。
実在の人物、団体等とは一切関係がありません。

キミさえいれば、なにもいらない。

2019年10月25日　初版第1刷発行

著　者　青山そらら　

発行人　菊地修一

イラスト　花芽宮るる

デザイン　齋藤知恵子

DTP　朝日メディアインターナショナル株式会社

編集　黒田麻希

発行所　スターツ出版株式会社
〒104-0031
東京都中央区京橋1-3-1 八重洲口大栄ビル7F
出版マーケティンググループ TEL 03-6202-0386
（ご注文等に関するお問い合わせ）
https://starts-pub.jp/

印刷所　株式会社 光邦
Printed in Japan

ISBN 978-4-8137-0781-3 C0193

恋するキミのそばに。

野いちご文庫人気の既刊！

どうか、君の笑顔にもう一度逢えますように。

ゆいっと・著

高２の心菜は、優しくてイケメンの彼氏・怜央と幸せな毎日を送っていた。ある日、１人の男子が現れ、心菜は現実世界では入院中で、人生をやり直したいほどの大きな後悔から、今は「やり直しの世界」にいると告げる。心菜の後悔、そして、怜央との関係は？　時空を超えた感動のラブストーリー。

ISBN978-4-8137-0765-3　定価：本体600円＋税

ずっと前から好きだった。

はづきこおり・著

学年一の地味子である高１の奈央の楽しみは、学年屈指のイケメン・礼央を目で追うことだった。ある日、礼央に告白されて驚く奈央。だけど、その告白は“罰ゲーム”だったと知り、奈央は礼央を見返すために動き出す…。すれ違う２人の、とびきり切ない恋物語。新装版だけの番外編も収録！

ISBN978-4-8137-0764-6　定価：本体600円＋税

幼なじみとナイショの恋。

ひなたさくら・著

母親から、幼なじみ・悠斗との接触を禁じられている高１の結衣。それでも彼を一途に想う結衣は、幼い頃に悠斗と交わした『秘密の関係』を守り続けていた。そんな中、２人の関係を脅かす出来事が起こり…。恋や家庭の事情、迷いながらも懸命に立ち向かっていく２人の、とびきり切ない恋物語。

ISBN978-4-8137-0748-6　定価：本体620円＋税

ずっと恋していたいから、幼なじみのままでいて。

岩長咲耶《いわながさくや》・著

内気で引っ込み思案な瑞樹は、文武両道でイケメンの幼なじみ・雄太にずっと恋してる。周りからは両思いに見られているふたりだけど、瑞樹は今の関係を壊したくなくて雄太からの告白を断ってしまって…。ピュアで一途な瑞樹とまっすぐな想いを寄せる雄太。ふたりの臆病な恋の行方は――？

ISBN978-4-8137-0728-8　定価：本体590円＋税

書店店頭にご希望の本がない場合は、書店にてご注文いただけます。

恋するキミのそばに。

野いちご文庫人気の既刊！

お前が好きって、わかってる？

柊《ひいらぎ》さえり・著

洋菓子店の娘・陽鞠は、両親を亡くしたショックで、高校生になった今もケーキの味がわからないまま。だけど、そんな陽鞠を元気づけるため、幼なじみで和菓子店の息子・十夜はケーキを作り続けてくれ…。十夜との甘くて切ない初恋の行方は!?　『一生に一度の恋』小説コンテストの優秀賞作品！

ISBN978-4-8137-0667-0　定価：本体600円＋税

あの時からずっと、君は俺の好きな人。

湊《みなと》 祥《しょう》・著

高校生の藍は、6年前の新幹線事故で両親を亡くしてから何事にも無気力になっていたが、ある日、水泳大会の係をクラスの人気者・蒼太と一緒にやることになる。常に明るく何事にも前向きに取り組む蒼太に惹かれ、変わっていく藍。だけど蒼太には悲しく切なく、そして優しい秘密があって——？

ISBN978-4-8137-0649-6　定価：本体590円＋税

それでもキミが好きなんだ

SEA《シー》・著

夏葵は中３の夏、両想いだった咲都と想いを伝え合うことなく東京へと引っ越す。ところが、咲都を忘れられず、イジメにも遭っていた夏葵は、３年後に咲都の住む街へ戻る。以前と変わらず接してくれる咲都に心を開けない夏葵。夏葵の心の闇を聞き出せない咲都…。すれ違う２人の恋の結末は!?

ISBN978-4-8137-0632-8　定価：本体600円＋税

初恋のうたを、キミにあげる。

丸《まる》井《い》とまと・著

少し高い声をからかわれてから、人前で話すことが苦手な星夏は、イケメンの慎と同じ放送委員になってしまう。話をしない星夏を不思議に思う慎だけど、素直な彼女にひかれていく。一方、星夏も優しい慎に心を開いていった。しかし、学校で慎の悪いうわさが流れてしまい…。

ISBN978-4-8137-0616-8　定価：本体590円＋税

書店店頭にご希望の本がない場合は、書店にてご注文いただけます。